LE POUVOIR DES TROIS

DANS LA MÊME SÉRIE

1. *Le pouvoir des Trois*
2. *Le baiser des ténèbres*
3. *Le sortilège écarlate*
4. *Quand le passé revient*
5. *Rituel vaudou*
6. *Menaces de mort*
7. *Le violon ensorcelé*
8. *Le secret des druides* (mars 2002)

LE POUVOIR DES TROIS

Une novélisation d'Elisa Willard
d'après la série télévisée « Charmed »
créée par Constance M. Burge

FLEUVE NOIR

Titre original :

The Power of Three

Traduit de l'américain
par Gilles Vaugeois

Série proposée par Patrice Duvic

Le Code de la propriété intellectuelle n'autorisant, aux termes de l'article L. 122-5, (2° et 3° a), d'une part, que les « copies ou reproductions strictement réservées à l'usage privé du copiste et non destinées à une utilisation collective » et, d'autre part, que les analyses et les courtes citations dans un but d'exemple et d'illustration, « toute représentation ou reproduction intégrale ou partielle faite sans le consentement de l'auteur ou de ses ayants droit ou ayants cause est illicite » (art. L. 122-4).
Cette représentation ou reproduction, par quelque procédé que ce soit, constituerait donc une contrefaçon sanctionnée par les articles L. 335-2 et suivants du Code de la propriété intellectuelle.

TM et © 1999 Spelling Television, Inc. Tous droits réservés.
© 2001 Fleuve Noir, département d'Havas Poche

ISBN : 2-265-07085-8

LA PREMIÈRE INCANTATION

Le cœur de Phoebe sursauta lorsqu'elle attrapa *Le Livre des Ombres*. Elle aurait peut-être mieux fait de le remettre là où elle l'avait trouvé.

Mais elle en était incapable. Il fallait absolument qu'elle le lise.

— « Ecoute les mots des sorcières. Les secrets que nous cachons dans la nuit. »

Une boule de feu éclaira le ciel, suivie immédiatement par un roulement de tonnerre.

Phoebe tressauta. Etait-ce l'incantation qui avait provoqué ce flash et le tonnerre ? Elle secoua la tête dans tous les sens pour essayer de chasser cette folle pensée de son esprit.

Elle reprit le livre. « Les Dieux les plus anciens sont ici invoqués. Le but est de réussir à comprendre le grand pouvoir de la magie. »

Des éclairs traversèrent à nouveau le ciel. Puis une lueur étrange apparut au milieu de la pièce.

Phoebe posa le vieux grimoire en tremblant. Etait-ce elle qui en lisant cette incantation avait provoqué ce phénomène ? Si c'était le cas, qu'allait-il se passer lorsqu'elle en aurait terminé la lecture ?

PROLOGUE

Serena Fredrick ouvrit d'un geste sec les volets blancs de la cuisine et laissa son regard errer dans la nuit. De l'autre côté de la rue, des lumières scintillaient faiblement au travers de la brume, tandis que de gros nuages gris masquaient la pleine lune qui dominait la ville de San Francisco. Le cœur de Serena fit un bond lorsqu'un éclair transperça le ciel. L'atmosphère électrique lui glaçait le sang. Le tonnerre gronda, et une pluie torrentielle s'abattit bientôt sur l'asphalte luisant.

Elle passa nerveusement une main pâle dans ses longs cheveux blonds. Quelque chose clochait. Elle se massa le cou, éprouvant une sensation de picotement dans la nuque, comme si quelqu'un tapi dans l'ombre l'observait attendant qu'elle baisse sa garde.

Bien que Serena eût accepté depuis longtemps sa destinée de sorcière qui pratique la magie au service du bien, elle frissonnait toujours dès qu'elle pensait au démon dissimulé dans les entrailles de la ville, et qu'elle combattait depuis vingt-huit ans déjà. Serena vivait dans un univers peuplé de sorcières, de sorciers, de démons et de monstres, que peu de gens connaissaient. Elle frémit d'effroi en se demandant quelle sorte de démon se préparait à la traquer.

Serena secoua la tête. Il ne fallait pas qu'elle cède à la paranoïa.

Elle se dirigea vers la cuisine, choisit une boîte pour son chat et en versa le contenu dans un bol.

— Viens mon bébé ! appela-t-elle en pénétrant dans le couloir.

La chatte siamoise blanche que Serena avait adoptée la regarda de ses yeux bleus brillants, comme des pierres précieuses. Elle ronronna lorsqu'elle posa le bol sur le sol du couloir.

— T'es une gentille fille, dit Serena tout en lui caressant le dos pendant qu'elle mangeait. D'une main, elle joua machinalement avec l'amulette en or gravée sur le collier de la chatte – un cercle plein comprenant trois anneaux entrelacés qui désignaient le symbole de la bonté, celui-là même qu'elle avait tatoué sous sa clavicule, en signe de porte-bonheur.

Un nouvel éclair illumina la pièce, immédiatement accompagné par le bruit du tonnerre. Les lumières de l'appartement vacillèrent et la sensation de peur envahit de nouveau le corps de Serena.

— Un sortilège protecteur, prononça-t-elle à voix basse. Pour la paix de l'esprit.

Elle retourna dans la cuisine, versa du vin rouge dans un calice en argent, et l'emporta dans le salon le plaçant sur une table basse et ronde recouverte d'une étoffe bleu foncé. S'agenouillant près d'elle, elle observa le cercle de couleur formé par des bougies éteintes, un bol d'herbes et un couteau de cérémonie disposé dessus.

Elle prit une profonde respiration avant d'effleurer la mèche de la première bougie du cercle avec son index. « Feu », murmura-t-elle. Une petite flamme apparut au bout de son doigt, la bougie s'alluma. Elle toucha ensuite délicatement la bougie suivante, puis une autre encore jusqu'à ce qu'elles fussent toutes allumées.

Serena ferma les yeux en joignant les mains. Ces actes visaient le repos de son esprit. Elle rouvrit les yeux et commença son incantation.

— « Grand Ancien de la terre si profonde », psalmodia-t-elle, croisant les bras. « Maître de la lune et du soleil. Je te dédie le rempart protecteur de Wicca, là, dans mon cercle, te demande de protéger cet espace, et de m'offrir les forces du soleil... »

Une légère brise fit vaciller les bougies.

Serena perçut derrière elle le bruissement des pattes de la chatte qui s'enfuyait dans le couloir. De nouveau, les picotements dans la nuque la reprirent. Quelqu'un *l'épiait*, là, dans son dos, dissimulé dans l'obscurité. Elle le sentait.

Serena prit son courage à deux mains et se retourna rapidement. Elle faillit s'étouffer en apercevant la silhouette d'un homme se profiler dans la pénombre.

Qui ? se dit-elle nerveusement. *Qui est-ce ?*

Les mains derrière le dos, il s'avança dans la lumière ; Serena poussa un soupir de soulagement. Elle connaissait ce visage qui lui souriait.

— Qu'est-ce que tu fabriques ici ? lui demanda-t-elle.

Mais son ami ne lui répondit pas. Rassurée, elle se releva et s'approcha de lui.

— Qu'est-ce qui se passe ?

Toujours aucune réponse.

Serena sentit de nouveau un malaise l'envahir lorsque l'homme décroisa les mains pour les tendre vers elle. Pétrifiée, elle vit ce qu'il dissimulait.

La double lame effilée d'un couteau à la poignée dorée, incrustée de pierres rouges et bleues brilla dans la lumière des bougies.

Serena ouvrit la bouche, comme pour hurler, mais une douleur fulgurante lui vrilla l'estomac tandis que le couteau s'enfonçait.

Le bruit du tonnerre couvrit ses cris de détresse. A bout de forces, elle s'effondra sur le sol.

CHAPITRE PREMIER

— Prue va être furieuse, marmonna Piper Halliwell.

Les bras chargés de courses, elle grimpa en courant les marches glissantes de la maison de style victorien rouge et crème qu'elle partageait avec sa sœur aînée. Elle ignorait l'heure, mais elle savait en revanche qu'elle était vraiment en retard.

Piper et Prue, âgées respectivement de vingt-cinq et vingt-sept ans, vivaient dans cette vieille demeure de San Francisco depuis le décès de leur grand-mère, voilà environ six mois. Grams leur avait légué la Halliwell Manor, ainsi qu'à leur plus jeune sœur, Phoebe, qui vivait actuellement à New York. Les trois sœurs aimaient cet endroit et le connaissaient bien, puisqu'elles y avaient grandi, élevées par Grams après la mort de leur mère, dans leur enfance. Leur père, quant à lui, n'avait plus donné signe de vie, oubliant leur existence juste après le divorce.

Prue et Piper s'entendaient bien, malgré des caractères différents. Prue ne supportait pas l'un des défauts de sa sœur – ses retards perpétuels. Piper essayait de forcer sa nature sur ce point, mais n'y arrivait pratiquement jamais. Elle avait même du mal à comprendre comment Prue parvenait à mener une vie aussi organisée.

Piper franchit la porte d'entrée totalement trempée.
— Prue ? lança-t-elle.
— Je suis ici, je nettoie le lustre.

Piper posa les courses sur le sol du vestibule. Elle essora sa longue chevelure brune tout en se dirigeant vers le salon d'où lui parvenait la voix de sa sœur.

Prue était grimpée tout en haut d'un escabeau, se débattant avec un lustre en cristal. D'un léger geste de la main, elle fit s'envoler la poussière déposée sur sa chevelure, puis soupira. Plissant ses yeux bleu acier, elle finit par jeter un regard à Piper avec un air renfrogné.

Celle-ci s'appuya sur la table ronde en bois qui se trouvait sous le lustre, comme si elle attendait que sa sœur aînée la gronde comme une enfant. *Zut*, se dit Piper, soupçonnant la colère rentrée de Prue.
— Désolée, je suis en retard. Si si, vraiment.
— Quoi de neuf ? s'enquit Prue sans même la regarder. Tu étais censée être rentrée quand l'électricien viendrait. Tu sais très bien que je ne peux pas quitter le musée avant six heures, sinon j'aurais été là.

Elle grimaça en essayant de dissimuler un fil électrique qui pendait.
— Je sais, je sais, répondit Piper. Mais je faisais des courses dans Chinatown, et il s'est mis à pleuvoir... Je ne me suis pas rendu compte que le temps avait passé si vite.

Elle s'éloigna de la table et enleva son imperméable mouillé.

— T'as réussi à réparer le lustre ?

— Non, se plaignit Prue. Ah, au fait, comment s'est passé ton entretien ? Est-ce que tu es gérante, maintenant ?

— Pas encore, répondit Piper. Le célèbre chef Moore exige un essai. Il faut que je retourne au restaurant demain et que je prépare un plat. Bizarre. « Une de mes spécialités », ajouta Piper en imitant la voix du chef. « Quelque chose digne de chez *Quake*. »

— *Quake* ? (Prue plissa son long nez fin comme si ça sentait mauvais.) C'est le nom du restaurant ?

— Ouais. C'est à North Beach. Un endroit très chic, dit Piper en se dirigeant vers l'entrée pour suspendre son imperméable.

— Oh, flûte ! cria Prue.

Piper entendit un léger bruit de verre brisé. Elle se précipita dans le salon. Une des pampilles de cristal du lustre venait de s'écraser sur le sol.

Prue jura devant le minuscule tas de verre, tandis que Piper faisait la moue, émue. Il y avait toujours un élément de cette vieille maison qui cassait ou se disloquait, mais sa fragilité même la lui rendait encore plus attirante.

Les objets anciens et les tapis orientaux de Grams occupaient toujours la vaste demeure. Les vieilles photos de famille s'alignaient dans l'entrée. Les vitraux de l'entrée et de l'escalier se composaient de carreaux verts et jaunes encastrés dans un châssis en acier. Les jours de soleil, ils laissaient filtrer doucement la lumière, éclairant ainsi la maison d'un chaud rougeoiement.

Piper donna un coup de pied dans les débris de verre éparpillés sur le parquet ciré.

— T'en fais pas, Prue, je vais nettoyer tout ça.

— Merci, répondit sèchement sa sœur.

Piper sentit de l'exaspération dans sa voix. Prue ne supportait pas que les choses ne marchent pas comme sur des roulettes.

Piper se dirigeait vers la cuisine pour aller chercher un balai et une pelle lorsque la sonnette de l'entrée retentit. Elle traversa le vestibule et ouvrit la porte. Jeremy Burns, son petit ami, se tenait sous le porche, portant un bouquet de douze roses rouges et un gros paquet rectangulaire, joliment emballé avec un gros nœud violet.

Les cheveux mouillés de Jeremy encadraient un visage sur lequel se dessinait un adorable sourire. Il était vraiment séduisant ainsi trempé – surtout lorsqu'il apportait des roses rouges. Sa haute stature, ses cheveux bruns ondulés et ses yeux noisette lui conféraient élégance et charme.

Elle l'étreignit et l'embrassa en l'attirant à l'intérieur de la maison.

— Qu'est-ce que tu fais là ? Je croyais que tu étais sur une enquête ?

Jeremy lui adressa un sourire de gamin. Il se dirigea vers Prue, toujours aux prises avec le lustre.

— Salut, Jeremy, lança-t-elle du haut de l'escabeau.

Jeremy offrit les roses à Piper.

— Elles sont pour toi.
— En quel honneur ?

Elle berça les roses dans ses bras en essayant de ne pas trop montrer combien elle était contente. Jeremy la gâtait vraiment. Depuis huit mois qu'ils se fréquentaient, il était toujours attentionné, et elle ne s'en lassait pas.

— Faut-il une raison ? répliqua-t-il. J'ai simplement pensé en les voyant qu'elles étaient faites pour toi.

Il l'embrassa tendrement sur la joue.

— C'est si gentil, Jeremy. Merci ! susurra Piper en se passant la main sur la joue, craignant de rougir.

— Bon, il faut que je retourne au boulot. Ah, voilà autre chose pour toi. Je pense que ça pourra t'aider pour ton essai de demain.

— Qu'est-ce que c'est ? interrogea Piper en secouant le paquet.

— Tu verras bien, dit Jeremy en souriant. (Il jeta un coup d'œil à sa montre.) Bon, il faut que j'y aille. Je dois interviewer quelqu'un dans dix minutes. (Il l'embrassa une nouvelle fois.) J'espère que tu vas aimer, lança-t-il en courant sous la pluie vers sa voiture.

Piper referma la porte d'entrée et rejoignit Prue dans le salon.

— Qu'y a-t-il dans le paquet ? demanda Prue en redescendant de l'escabeau.

Piper posa les roses sur la table. Elle tira sur le ruban violet et enleva le papier pour découvrir une boîte en bois. Elle l'ouvrit et en sortit une bouteille noire marquée d'une étiquette blanche.

— Super ! s'écria-t-elle en la tendant à Prue.

— Jeremy t'a offert une bouteille de porto ?

— C'est un porto très particulier. La cerise sur le gâteau pour mon essai de demain. (Elle posa un doigt sur l'étiquette.) Ce porto peut me permettre d'obtenir ce boulot chez *Quake*.

— Il est sympa ton copain, reconnut Prue en rendant la bouteille à Piper.

— Ouais, je sais. (Piper jeta un nouveau coup d'œil à l'étiquette avant de poser la bouteille sur la table.) Ah, il faut que je range les courses dans le frigo.

Puis elle se souvint des débris de verre sur le sol. Prue la suivit du regard. Elle devinait ce qu'elle pensait.

— T'en fais pas, dit Prue. Je vais ramasser le verre.

Piper se sentit un peu coupable en retournant vers l'entrée. Elle alla ranger les courses dans la cuisine. En traversant la salle à manger, elle remarqua sur la table une petite planche en bois : un jeu.

— Je n'y crois pas, dit-elle en reposant ses paquets par terre. Ne me dis pas que c'est notre vieille planche aux esprits. Qu'est-ce que j'ai pu aimer cet objet !

— Je l'ai trouvée dans le sous-sol en cherchant le compteur, dit Prue en se dirigeant vers la salle à manger.

Piper caressa l'antique planche aux esprits. Elle se

rappelait que c'était un cadeau de leur mère. Piper ne se souvenait même pas quand pour la dernière fois, ses sœurs et elle avaient joué avec, cela remontait à bien longtemps.

La planche était recouverte de lettres, de chiffres, de symboles et comportait une baguette pour épeler des mots. Ses sœurs et elle plaçaient légèrement leurs doigts sur cette baguette. Guidée par les esprits, celle-ci était censée bouger toute seule pour déchiffrer des messages, et répondre à leurs questions.

Prue avait pour habitude de demander à la planche ce qu'elle deviendrait lorsqu'elle serait grande. Quant à Phoebe, elle posait des questions stupides comme : « Qu'est-ce qu'on va manger aujourd'hui ? »

Piper se rappela qu'elle voulait toujours savoir quand Prue et Phoebe allaient cesser de se battre. Et elle n'avait jamais vraiment obtenu de réponse. Elle saisit la planche et la retourna. Un sourire se dessina sur ses lèvres tandis qu'elle lisait à haute voix le message écrit au dos :

« Pour mes trois jolies filles. Que cet objet vous donne la Lumière pour atteindre les Ténèbres. Le pouvoir des trois vous libérera. Avec tout mon amour. Maman. »

Elle se retourna vers Prue.

— Nous ne nous sommes jamais demandé ce que cette inscription signifiait.

— Ecoute, je pense que nous devrions envoyer cette planche à Phoebe, répondit Prue en éclatant de rire. Elle est tellement insouciante, qu'un peu de lumière et de clairvoyance lui ne feraient pas de mal.

Elle pourrait peut-être s'en servir pour savoir où se trouve papa. On ne sait jamais...

Piper avait du mal à admettre que Prue en veuille autant à sa sœur après toutes ces années.

— Tu es toujours aussi dure, Prue, dit-elle en fronçant les sourcils.

— Piper, elle n'a aucune perception de l'avenir, se plaignit Prue.

— Je pense vraiment qu'elle va venir, déclara Piper.

— Ouais, d'accord, fit Prue d'un air las. Et c'est pour cette raison qu'elle est allée à New York pour retrouver papa. Et alors ? Ce type est sorti de notre vie pour toujours. On ne sait même pas s'il est encore à New York.

— Tu sais que ce n'est pas l'unique raison pour laquelle elle est partie ? insista Piper.

Elle s'adressait à Prue avec circonspection. Est-ce qu'elle devait aller plus loin ? mettre Roger sur le tapis ? Car c'était la vraie raison pour laquelle Phoebe avait quitté San Francisco.

Prue avait été fiancée avec Roger – jusqu'à ce que Phoebe annonce qu'il essayait de la séduire. Roger avait alors assuré à Prue que Phoebe lui faisait du charme. Perplexe, Prue avait rompu ses fiançailles, et n'avait toujours pas pardonné à sa jeune sœur tout ce gâchis.

Piper faisait confiance à Phoebe. Sa petite sœur n'aurait jamais tenté de piquer le fiancé de Prue. Phoebe essayait simplement d'aider sa sœur aînée en la mettant en garde contre Roger. Pourtant, Prue et

Phoebe n'étaient jamais tombées d'accord, Prue refusant d'accorder à Phoebe le bénéfice du doute.

— Je me fiche de savoir pourquoi elle est partie, dit Prue. Tant qu'elle ne revient pas !

Elle fit demi-tour et traversa l'entrée, suivie de Piper. Cette dernière avait espéré qu'une séparation momentanée favoriserait la réconciliation des deux sœurs – au moins suffisamment pour que Phoebe puisse revenir à la maison.

Depuis plusieurs mois, Piper s'en entretenait avec Phoebe, qui se montrait prête à faire la paix avec sa grande sœur, d'autant plus qu'elle n'avait pas obtenu les résultats escomptés à New York. Néanmoins, Piper se rendait compte que Prue n'avait nullement l'intention de pardonner à Phoebe, et qu'il était hors de question que leur jeune sœur revienne vivre avec elles.

— Prue ! cria Piper. Attends-moi !

Prue s'arrêta dans le petit salon et se retourna.

— Quoi encore ? demanda-t-elle.

Piper se mordait les lèvres nerveusement.

— Eh bien, il faut que je te dise quelque chose, et… en fait… je ne pense pas…

Piper observa sa sœur. Comment pouvait-elle lui annoncer que Phoebe allait revenir à San Francisco ?

— Piper, quoi encore ? insista Prue.

— Tu te souviens que nous avons eu une discussion à propos de cette chambre vide ?

Prue acquiesça de la tête.

— Eh bien, je pense que tu as raison, continua Piper. Nous avons besoin d'une colocataire.

Prue regarda le lustre.

— Nous pourrions la louer pour pas cher en échange de diverses tâches dans la maison. Je vais passer une annonce dans *Le Chronicle*, ajouta-t-elle en se dirigeant vers le salon.

— Phoebe nous manque, répliqua immédiatement Piper en la suivant.

— Phoebe vit à New York, lâcha Prue, en jetant un regard sévère à Piper par-dessus son épaule.

— En fait… (Piper retint sa respiration.) Plus maintenant, laissa-t-elle échapper.

Prue s'arrêta net et se retourna.

— *Quoi ?*

— Ça fait longtemps que j'ai envie que l'on se retrouve toutes les trois, enchaîna Piper. Et… bon… voilà… Phoebe a quitté New York. Elle revient vivre avec nous.

Prue émit des grognements de protestation.

— Non, mais tu rigoles ?

— Ecoute, je ne pouvais pas refuser. C'est aussi sa maison. Grams nous l'a léguée. A nous trois.

— Ça fait des mois que nous ne l'avons pas vue. Nous ne lui avons même pas parlé depuis ! renchérit Prue.

Piper croisa les bras sur sa poitrine.

— En fait, c'est toi qui ne lui as plus adressé la parole.

— D'accord. Mais peut-être as-tu oublié pourquoi je lui en veux encore ?

— Non, bien sûr que non, avança Piper, tentant de faire baisser la pression. Mais Phoebe ne sait pas où aller. Elle a perdu son boulot. Elle est criblée de dettes...

— C'est ce qu'on peut appeler une nouvelle ! Dis-moi, ça fait combien de temps que tu es au courant ?

— Euh... à peu près deux jours, bégaya Piper. Enfin... une semaine ou deux.

— Merci de me tenir au courant. (Prue regarda sa sœur droit dans les yeux.) Et quand est-ce qu'elle arrive ?

Pourquoi Prue se braquait-elle à ce point ? Piper se perdait dans ses pensées lorsque la porte d'entrée s'ouvrit brusquement : Phoebe pénétrait dans le hall.

Piper, immobile comme une statue, sourit à Phoebe, puis glissa un regard vers Prue.

— Eh bien, vois-tu, la voilà !

CHAPITRE 2

— Surprise ! dit Phoebe en brandissant une clé. J'ai retrouvé celle de secours, et du coup je suis rentrée.

Prue examinait sa jeune sœur pendant qu'elle accrochait son parapluie dégoulinant d'eau sur la patère derrière la porte d'entrée, tout en laissant choir son sac à dos trempé sur le sol. Le simple fait de voir Phoebe lui rappela de mauvais souvenirs, non seulement à cause de Roger, mais également à cause des pénibles disputes qui les opposaient lorsqu'elles étaient gamines.

Prue avait toujours aidé Phoebe à se sortir de toutes sortes de situations invraisemblables, mais cela ne l'avait jamais empêchée de récolter d'autres ennuis. Par étourderie, Phoebe ne pouvait mesurer les conséquences de ses actes, et Prue s'était lassée de remettre de l'ordre dans ses affaires.

Piper, quant à elle, essayait systématiquement de rabibocher ses sœurs, mais à l'évidence, l'incident avec Roger avait rendu ses efforts inutiles. Néanmoins, Prue doutait que Phoebe lui ait vraiment chipé son ex-fiancé. Mais que croire ? L'explication de Phoebe tenait-elle la route ? Elle prétendait que Roger l'avait entraînée dans son appartement. Bon… d'accord.

— Phoebe ! (Piper traversa la pièce et la prit dans ses bras.) Bienvenue à la maison.

— Salut, Piper.

Phoebe l'étreignit à son tour, et lançant un coup d'œil à Prue par-dessus l'épaule de sa sœur, elle lui adressa un sourire timide.

Prue devait reconnaître que Phoebe se portait bien. Elle arborait une nouvelle coupe de cheveux qui accentuait son dynamisme habituel. Elle remarqua qu'elle portait un jean et un débardeur, mais pas d'imperméable.

— On est ravies de te voir ! lui dit Piper. N'est-ce pas, Prue ?

— J'en reste sans voix, murmura celle-ci.

Phoebe espérait-elle qu'elles vendent la maison de Grams pour payer ses dettes. Pourquoi était-elle revenue ? songeait Prue les bras croisés. Les déboires de Phoebe justifiaient-ils d'abandonner cette maison tant aimée ?

Dehors, un klaxon retentit.

— Oups ! J'ai oublié le taxi, dit Phoebe.

— Comment se fait-il que ça ne me surprenne pas ? rétorqua Prue.

— Je m'en occupe, ajouta Piper.

Elle prit le portefeuille de Prue qui traînait sur la table de l'entrée et ouvrit la porte.

— Hé ! C'est à moi ! cria Prue, mais il était trop tard ; Piper se trouvait près du taxi.

— Merci, Prue. Je te rembourserai, promit Phoebe.

Prue esquissa une moue, indiquant qu'elle ne se faisait aucune illusion là-dessus.

Prue lui montra le sac à dos qui traînait sur le sol.

— C'est tout ce que tu as apporté ? demanda-t-elle, juste histoire d'alimenter la conversation.

— C'est tout ce que je possède. Ça, et un vélo que j'ai laissé ici. Tu t'en souviens ?

Agacée, Prue laissa errer son regard dans la pièce, ne sachant comment poursuivre la conversation. Elle se sentait mal à l'aise ; pourquoi Piper mettait-elle autant de temps ?

— Ecoute, Prue, dit Phoebe, cherchant à attaquer la difficulté de front, je sais que tu ne veux pas de moi ici.

— La maison de Grams n'est pas à vendre, laissa échapper Prue.

— Tu crois que je suis revenue pour ça ?

— Piper et moi avons laissé nos appartements pour revenir ici, pour une seule et unique raison. Parce que cette maison appartient à notre famille depuis des générations.

— Je connais l'historique, l'interrompit Phoebe. Moi aussi, j'ai grandi ici. Est-ce que l'on pourrait parler de ce qui te gêne vraiment ?

— Non, coupa Prue, contrôlant le tremblement de sa voix. Je suis toujours en colère contre toi.

— Tu préfères que nous parlions de choses et d'autres, tout ça dans une magnifique ambiance tendue ? demanda Phoebe avec un sourire narquois.

— Sûrement pas. Mais c'est vrai qu'à part ça, on n'a pas grand-chose à se dire.

— Il ne s'est rien passé entre Roger et moi... Tu préfères croire sur parole ce « costume trois pièces Armani », même lorsqu'il descend une de ses bonnes bouteilles ? Mais...

— Hé ! apostropha Piper en franchissant le seuil. (Elle faisait semblant d'être détendue.) J'ai une idée super. Qu'est-ce que vous diriez si je nous préparais un excellent dîner ?

Au même moment, un éclair zébra le ciel et les lumières vacillèrent. Le regard de Prue passa de Piper à Phoebe.

— Je n'ai pas faim.

— J'ai mangé dans le bus, ajouta Phoebe, qui traversa l'entrée, prit son sac et monta l'escalier.

— D'aaaccoord, soupira Piper. On se parlera plus tard. Ça vous va ?

— Tu as pigé.

— Prue fit demi-tour pour se rendre à la cuisine. Elle paraissait sur le point d'exploser. Phoebe revenait à San Francisco juste au moment où les choses reprenaient un cours normal. Elle avait fini par quitter Roger. Ça devenait assez difficile et compliqué de travailler avec lui au musée, mais son job lui plaisait beaucoup.

Prue reprit sa respiration. Il fallait absolument qu'elle garde son sang-froid, et qu'elle se remette les idées en place.

Vêtue d'un T-shirt bleu et d'un pyjama écossais à

boutons, Phoebe, assise sur son lit, regardait distraitement la petite télévision posée sur le bahut. Elle pensait surtout à sa sœur aînée.

Que Prue lui ait gardé rancune depuis près de six mois la sidérait. Il n'entrait pas dans ses habitudes d'éprouver des sentiments négatifs si longtemps. Elle ressentait surtout de la peine à l'idée que Prue la croie fautive.

Mais c'était peut-être sa faute. *Après tout, je n'aurais pas dû me montrer si crédule lorsque Roger m'a demandé de passer à son appartement pour prendre un paquet destiné à Prue. J'aurais dû deviner qu'il voulait juste me séduire*. Se souvenant que sa sœur les avait surpris au moment où elle le repoussait, Phoebe émit un soupir de lassitude.

Roger était bel et bien un pauvre type qui n'aurait pas dû essayer de la draguer. La seule consolation de Phoebe, devant l'attitude irréductible de sa sœur, résidait dans le fait que Roger avait ainsi révélé son véritable visage.

Mais se trouver confrontée à Prue avait été pénible, après cette misérable scène, d'autant plus qu'elle refusait de porter un jugement au-delà des apparences.

Phoebe secoua la tête ; elle ne voulait plus penser à tout ça. Prue ne changerait pas. Elle essayait de se concentrer sur les informations, lorsqu'elle entendit frapper à la porte de sa chambre. Elle se leva pour aller ouvrir.

Piper se tenait appuyée contre le chambranle, vêtue

d'une chemise de nuit très courte en coton, et d'un kimono en soie, prête à aller se coucher.

— T'as faim, Phoebe ? demanda-t-elle en lui tendant un plateau composé de sandwiches, de carottes crues, ainsi que de deux verres de thé glacé.

Piper posa délicatement le plateau sur le lit. Elle prit un des verres pour boire une gorgée de thé glacé.

— Je suis sûre que Prue va venir faire un tour, affirma-t-elle à Phoebe.

— Je ne pense pas. Pas cette fois. (Phoebe prit un sandwich au blanc de dinde.) Prue est vraiment en colère. J'aurais dû rester à New York. (Elle mordit sans conviction dans son sandwich.) Pourquoi ne lui as-tu pas dit que je revenais ?

— Pour qu'elle change les serrures ? Non... je plaisante. En fait, c'était plutôt à toi de le lui annoncer, pas vrai ?

— Tu marques un point. (Phoebe mordit à nouveau dans son sandwich.) C'est juste qu'il est difficile de parler avec elle. Elle se comporte toujours plus comme une mère que comme une sœur.

— Ce n'est pas sa faute. Elle a pratiquement sacrifié...

— ... sa propre enfance pour nous élever, enchaîna Phoebe. (Elle avait déjà entendu ça un million de fois.) Ouais, ouais, ouais.

— Hé ! n'oublie pas que nous avons de la chance qu'elle se soit montrée aussi responsable. Pour toi comme pour moi, ç'a été plus facile. Elle s'occupait de tout. Elle nous a épargné bien des soucis.

— Bon, d'accord, mais j'ai maintenant vingt-deux

ans. Je n'ai plus besoin qu'elle se comporte comme une mère avec moi. J'aimerais qu'elle soit véritablement une sœur. (Phoebe prit un morceau de carotte.) Et puis j'en ai marre de parler de Prue. Donne-moi plutôt de tes nouvelles. Quoi de neuf ? Comment va ta vie sentimentale ?

Piper sourit timidement.

— Ben, en fait... (Elle tripota nerveusement une mèche de cheveux.) C'est super !

— C'est vrai ? Phoebe se leva. (Enfin, un sujet de conversation digne d'intérêt.) Raconte-moi tout !

— Eh bien, je suis toujours avec Jeremy. Je t'ai déjà parlé de lui. Il est journaliste au *Chronicle* et il est adorable !

— Juste adorable ?

— Plus que ça, répondit Piper en rougissant. Il a... il a des yeux superbes !

Phoebe éclata de rire.

— Wouah ! il a des yeux superbes ! C'est original.

Piper lui donna un coup de coude.

— Essaie de comprendre. C'est le garçon le plus extraordinaire que j'aie jamais rencontré. Au début, je n'arrivais pas à croire qu'il s'intéressait à moi.

— Et pourquoi est-ce qu'il ne se serait pas intéressé à toi ? dit Phoebe. Quand l'as-tu rencontré ?

— Il y a environ six mois – juste avant la mort de Grams, précisa Piper. Nous nous sommes rencontrés à la cafétéria de l'hôpital le jour même où Grams y a été admise. Il faisait un reportage. Je mangeais un croissant, et il m'a tendu une serviette en papier.

— Comme c'est romantique, susurra Phoebe en roulant des yeux malicieux.

— Tu ne crois pas si bien dire. Son numéro de téléphone était inscrit dessus. (Piper marqua un silence.) Jeremy s'est toujours montré attentif lorsque Grams était malade. C'est vrai, Phoebe, il m'a toujours soutenue. (Le regard de Piper se perdit dans le vague tandis qu'elle rougissait.) Je crois qu'il pourrait bien être... enfin, tu comprends... il pourrait bien être le bon.

— Ouah ! murmura Phoebe. C'est incroyable. Je suis si heureuse pour toi !

— Elle se pencha au-dessus de la corbeille en osier pour prendre Piper dans ses bras. Phoebe se sentait très proche de Piper qui avait toujours pris sa défense, et la voir si épanouie la réjouissait.

Piper fit brusquement un pas en arrière. Avec émotion, elle pointa son index vers l'écran de télévision.

— C'est lui ! C'est Jeremy !

Phoebe régla l'image et monta le son. Une journaliste se trouvait sur le lieu d'un crime et décrivait l'horrible meurtre dont une femme venait d'être victime. Un grand type costaud et sexy se tenait en arrière-plan, discutant avec des policiers.

— C'est Jeremy ? Il est magnifique, s'extasia Phoebe.

— Il doit travailler sur cette affaire, dit Piper.

— L'assassin choisit apparemment ses victimes parmi des femmes qui font partie d'une sorte de secte, ajoutait la journaliste. Les trois victimes ont le même tatouage sous la clavicule.

L'image d'un symbole très élaboré apparut sur l'écran : trois anneaux entrelacés dans un cercle.

Phoebe regarda le reportage tout en demandant des renseignements.

— Tu étais au courant de cette histoire ? Ça fait combien de temps que ce psychopathe sévit ?

— Chhuuutt ! intima Piper en agitant la main.

— Le corps de la femme a été retrouvé à côté d'une sorte d'autel, continuait la journaliste. Nous devrions avoir bientôt de plus amples informations concernant cette secte.

— Les gens sont de plus en plus bizarres à San Francisco, commenta Piper dès que le reportage fut terminé. On doit toujours se montrer vigilant – et encore plus maintenant que ce type a pété les plombs.

De petits coups frappés à la porte firent sursauter les deux sœurs.

Phoebe se retourna et découvrit Prue sur le seuil, une couette dans les bras.

— Cette chambre a toujours été la plus froide de la maison, expliqua-t-elle en posant la couette sur une chaise près de la porte.

Phoebe sentit brusquement l'atmosphère de la pièce changer. Prue était immobile.

L'immobilité de Prue donnait à penser qu'il lui arriverait un malheur si elle entrait dans la pièce.

— Merci Prue, dit-elle sans un sourire.

Piper s'assit lentement à côté d'elle. Phoebe sentit qu'elle devait saisir cette opportunité pour tenter de se réconcilier avec sa sœur. Prue observa Phoebe un long moment. Elle lui adressa un léger signe de la tête, qui l'encouragea. Peut-être Prue allait-elle lui parler, lui assurer qu'elle ne lui en voulait plus vraiment, et une discussion véritable entre sœurs s'ensuivrait... Phoebe se sentait prête. Depuis sa petite enfance, elle rêvait que sa grande sœur se confie à elle, que leurs relations deviennent harmonieuses.

Mais Prue ne prononça pas un mot. Elle tourna les talons, puis s'en alla, suivit des yeux par Phoebe. Elle n'arriverait jamais à comprendre. Elles étaient sœurs. Comment pouvaient-elles être aussi différentes ?

Piper lui prit affectueusement le bras.

— Ne t'en fais pas pour elle. Prue a simplement encore besoin d'un peu de temps pour se faire aux choses, tu peux le comprendre ?

Phoebe fronça les sourcils. Elle devait se faire à l'idée qu'il arrivait que deux sœurs ne s'entendent pas, et qu'elles ne seraient jamais proches l'une de l'autre.

— J'ai une idée, annonça Piper.

Phoebe soupira.

— Encore une de tes idées géniales ?

— C'est une idée sensationnelle, en effet, insista Piper. Et je suis sûre qu'elle va te plaire. Viens.

Piper attrapa la main de Phoebe et l'entraîna dans l'escalier en bois qui craquait.

— Où allons-nous ?

— Dans le salon. J'ai une surprise pour toi. Je suis certaine que tu vas l'adorer.

Phoebe se laissa tomber sur le canapé du salon.

— Je reviens tout de suite, promit Piper.

Le regard de Phoebe fut attiré par une vieille photo

encadrée posée sur la table. Elle se pencha pour la prendre. Elle représentait les trois sœurs enlacées et souriantes, lorsqu'elles étaient petites filles.

Phoebe éprouva immédiatement l'immense nostalgie du bon vieux temps, et forma des souhaits pour retrouver un peu plus d'harmonie.

Piper revenait, un objet à la main.

— Regarde. Notre vieille planche aux esprits !

— Où l'as-tu trouvée ?

Phoebe prit la planche des mains de Piper. Le simple fait de toucher le vieux bois lisse la ramena dans son enfance, et elle puisa des forces dans cet exercice d'imagination.

— Prue l'a retrouvée au sous-sol. Essayons-la. Juste pour s'amuser.

— Pourquoi pas ? (Phoebe posa le jeu sur la table. Puis elle se leva et plaça des bougies autour de la planche.)

— Tu as des allumettes ?

Piper ouvrit un tiroir, en sortit une boîte qu'elle lança à Phoebe.

— Je vais chercher Prue. Elle a peut-être envie de jouer, dit-elle en sortant rapidement de la pièce.

Phoebe alluma les bougies. Juste pour l'ambiance, se dit-elle en pouffant de rire.

Piper revint quelques instants plus tard.

— Prue est dans la cuisine en train de préparer du thé. Elle n'a pas envie de jouer pour l'instant.

Piper s'assit sur le canapé.

— Bon. Qu'est-ce qu'on va demander aux esprits ?

— Huumm... (Phoebe réfléchit un instant.) Par

exemple... qu'est-ce qu'on va manger au petit déjeuner ?

Piper éclata de rire.

— Enfin, Phoebe. Pose, au moins, une vraie question.

Phoebe ferma les yeux pour se concentrer. Elle voulait savoir tellement de choses sur son avenir qu'elle prit une décision pragmatique.

— On va leur demander si je vais trouver un boulot correct à San Francisco.

— Entendu.

Piper plaça la baguette au centre de la planche. Elles posèrent légèrement leurs doigts dessus.

— Est-ce que je vais trouver un bon job à San Francisco ? interrogea-t-elle.

Elle regarda Piper qui examinait la planche, sourit intérieurement, puis elle fit trembler la baguette.

— Ça marche ! s'écria-t-elle.

— C'est toi qui la fais bouger, protesta Piper. Tu as toujours eu l'habitude de faire bouger la baguette.

— Ce n'est pas vrai, rétorqua Phoebe en souriant.

Puis elle déplaça à toute vitesse la baguette dans le coin de la planche où se trouvait inscrit le mot oui.

— Oui, elle a dit oui ! hurla Phoebe.

Piper lui enleva les doigts de la baguette.

— Phoebe, je sais que tu l'as fait bouger. Je vais faire des pop-corn.

Phoebe arrêta Piper qui se rendait à la cuisine.

— Sur quoi tu veux que j'interroge les esprits pendant que tu es partie ?

Piper s'arrêta net.

— Demande-leur si Prue aura l'occasion de ne pas dormir seule cette année.

— C'est une question très importante, acquiesça Phoebe. C'est peut-être pour ça qu'elle se montre grincheuse. (Elle se pencha de nouveau sur la planche.)

— S'il te plaît, réponds oui, murmura-t-elle en touchant la baguette. Je t'en prie... réponds... réponds oui.

D'un seul coup, la baguette fila sur la planche et s'arrêta sur la lettre A.

Phoebe en eut le souffle coupé et retira précipitamment ses mains de la planche comme si elle venait de se brûler. Que se passait-il ? Ce coup-ci, elle n'avait pas poussé la baguette. Elle l'avait à peine effleurée !

— Piper ! appela-t-elle, un peu effrayée.

La baguette fonça soudain sur la lettre T.

Ebahie, Phoebe ne la quittait pas des yeux. Personne ne la touchait. Elle se déplaçait toute seule.

Son cœur se mit à battre violemment.

— Piper, viens vite !

— Quoi ? demanda Piper en sortant de la cuisine.

— Qu'est-ce qui se passe ? s'enquit Prue en entrant dans le salon.

Phoebe observa le visage de ses sœurs avec insistance.

— La baguette sur la planche aux esprits. Elle... elle bouge toute seule.

Piper roula des yeux étonnés, et Prue lui lança un regard résolument sceptique.

— Je suis sérieuse, insista Phoebe. Elle a épelé A-T.

— C'est parce que tu l'as dirigée, affirma Piper.

— Non, répliqua Phoebe. Pas cette fois-ci.

Prue posa les mains sur ses hanches.

— Je n'ai pas de temps à perdre avec ces bêtises. Elle s'apprêtait à s'en aller, lorsque Phoebe cria pour la retenir :

— Prue, attends ! Mes doigts n'ont même pas effleuré la baguette. Je le jure !

A la grande surprise de Phoebe, Prue s'arrêta. Elle semblait toujours dubitative, mais n'avait pas quitté la pièce.

— Regarde-la simplement, je t'en prie. Elle va bouger.

Phoebe suppliait en silence la baguette. Bouge ! Bouge ! Tu l'as déjà fait tout à l'heure ! Mais la baguette demeurait immobile.

— Phoebe, ce n'est pas drôle, déclara Prue. Ça ne me fait même pas sourire.

Piper et Prue se trouvaient sur le point de partir. A peine avaient-elles tourné le dos que la baguette se déplaçait à toute vitesse vers le bas de la planche, pour se positionner sur la lettre T.

— Ah ! ah ! cria Phoebe. Elle vient de recommencer ! Elle vient de bouger encore !

Piper et Prue se figèrent un moment. Prue s'avança lentement vers la planche aux esprits, et la regarda en fronçant les sourcils.

— Phoebe, elle est toujours sur la lettre T.

— Je te jure qu'elle a changé de place, hurla Phoebe.

— Mais oui, mais oui, ironisa Prue en faisant demi-tour, et elle quitta la pièce.

Pétrifiée, Phoebe suivait des yeux la baguette qui glissait de nouveau insensiblement sur la planche. Elle fit un bond sur sa chaise.

— Elle se déplace, venez voir !

Cette fois-ci, la baguette s'arrêta sur la lettre I.

— Tu as vu ça ? demanda Phoebe à Piper.

— Je... je crois que oui, répondit Piper.

— Je te jure que je ne l'ai pas touchée, dit Phoebe. (Elle tendit la main vers la baguette qui bougeait encore.) Regarde !

A présent, elle désignait la lettre C.

Piper faillit s'étrangler.

— Hé ! Prue, je pense que tu ferais bien de revenir.

Elle se montrait extrêmement tendue.

Phoebe saisit une enveloppe et un stylo sur la table, et reporta les lettres que la planche aux esprits avait désignées.

Prue rentra dans la pièce comme une furie.

— Que se passe-t-il encore ?

— Je pense qu'elle cherche à nous dire quelque chose, répondit Phoebe.

La main tremblante, elle leur tendit l'enveloppe sur laquelle était noté le mot : « ATTIC »[1].

---

1. *Attic* : grenier. *(N.d.T.)*

CHAPITRE 3

— Le grenier ? s'étonna Prue. Phoebe, à quel jeu es-tu en train de jouer ?

La gorge de Phoebe se serra. Elle ne savait comment expliquer à sa sœur que ce phénomène était bien réel ! La planche aux esprits leur avait bien transmis un message !

Le tonnerre grondait alentour. Phoebe suffoquait. Les lampes clignotèrent, puis s'éteignirent. Les éclairs continuèrent à sillonner le ciel pendant un moment, diffusant une lueur inquiétante dans le salon. Lorsque l'orage se calma, la maison se trouvait plongée dans le noir : seules avaient résisté quelques-unes des bougies disposées autour de la planche aux esprits.

Piper attrapa Prue par le bras.

— Il ne s'agit pas d'un jeu. J'ai vu la baguette bouger. J'ai peur.

Elle courut vers l'entrée pour prendre son imperméable.

— Je vais chez Jeremy. Et si vous êtes chics, vous m'y accompagnez.

Prue et Phoebe rejoignirent Piper.

— Vous ne croyez pas que vous dépassez les

limites ? les apostropha Prue, arrachant l'imperméable des mains de Piper.

— C'est vrai, admit Phoebe. Eh bien, il vaudrait mieux faire un petit tour au grenier.

— Phoebe, t'es complètement folle ! s'écria Piper. On ne sait pas ce qu'on peut trouver là-haut. Le compteur a sauté ; et en plus il y a un tueur en cavale. Il faut se tirer d'ici !

— Ne t'inquiète pas, tenta de la rassurer Prue en lui pressant l'épaule. Nous n'irons pas au grenier. Et il n'y a pas de raison de quitter la maison. Nous sommes en parfaite sécurité.

— Tais-toi ! s'exclama Piper en reprenant l'imperméable des mains de Prue. Dans les films d'horreur, la personne qui prononce ces mots est toujours la prochaine victime.

— Ecoute, pour que nous soyons sûres que le grenier ne présente aucun danger, nous ferons appel demain à une entreprise spécialisée. Pour l'instant, il pleut des cordes et Jeremy n'est sûrement pas encore chez lui.

— Bon, je... je l'attendrai dans le taxi jusqu'à ce qu'il rentre du travail, décida Piper.

Phoebe fouilla dans le tiroir de la table de l'entrée où elle trouva une lampe torche. Bien que terrorisée elle aussi, elle ne pouvait pas gommer le fait que la planche aux esprits leur avait communiqué un message. Celui-ci possédait forcément un sens et sa curiosité attisée la poussait irrémédiablement vers le grenier.

— Je monte au grenier, leur annonça Phoebe de but en blanc. Vous me suivez ?

Ses sœurs firent mine d'ignorer la question.

Piper enfila lentement son imperméable.

— Prue, j'ai vu la baguette bouger.

— Mais non, dit Prue en posant fermement ses mains sur les épaules de sa sœur. Tu as vu les doigts de Phoebe pousser la baguette. On ne trouvera rien d'intéressant dans le grenier. Elle se fout de nous !

Phoebe, amère, remercia Prue intérieurement de la confiance qu'elle lui témoignait, mais elle n'espérait rien d'autre de sa part.

Piper secoua la tête.

— On n'en sait rien. Ça fait des mois que l'on vit dans cette maison, et on n'a jamais mis les pieds là-haut.

Prue se tourna vers Phoebe.

— Piper est en train de péter les plombs. S'il te plaît, dis-lui que tout ceci n'est qu'une plaisanterie, adjura Prue en se tournant vers Phoebe. Celle-ci fit un signe de la tête.

— Je sais que c'est difficile à avaler, mais la baguette s'est déplacée toute seule. Pourquoi est-ce que je mentirais à propos d'une chose pareille ?

Piper traversa rapidement l'entrée et prit le combiné du téléphone qu'elle colla immédiatement contre son oreille.

— Ah, bravo ! En plus le téléphone ne marche plus !

— Normal, il n'y a plus de courant, lui rappela Prue. Allez, descends avec moi au sous-sol. Tu m'éclaireras avec la lampe, pendant que je remettrai le compteur.

— Je ne veux pas descendre au sous-sol. Phoebe n'a qu'à t'y accompagner, lâcha Piper. D'accord, Phoebe ?

Phoebe brandit la torche. Il était hors de question qu'elle aille où que ce soit avec Prue.

— Non, je vais dans le grenier.

— Pas question, répondit vivement Prue. On a décidé…

— Je ne veux pas être tributaire d'un intérimaire quelconque pour visiter le grenier. Et surtout, je ne vais pas attendre jusqu'à demain. J'y vais tout de suite.

Elle alluma la lampe et gravit lentement l'escalier. Marche après marche, Phoebe devenait de plus en plus nerveuse. Dans l'obscurité, le silence devenait pesant. Le seul bruit qui lui parvenait provenait des gouttes de pluie qui résonnaient sur le toit à la même cadence que les battements de son cœur. Le doute s'immisçait en elle. Si incroyable que cela pût paraître, elle avait la certitude qu'un esprit venait de lui envoyer un message. Mais de quelle sorte d'esprit s'agissait-il ? Et qu'allait-elle trouver dans le grenier ?

Elle s'arrêta un instant en haut des marches pour diriger sa torche sur la porte du grenier. Elle était au pied du mur. Dire qu'elle avait vécu dans cette maison pendant des années, sans parvenir jusqu'à cet endroit, à présent chargé de mystère.

Sur le palier près de la porte, il y avait un vieux

vaisselier. Sur le sol, juste à côté, une boîte remplie de tout un bric-à-brac.

Phoebe posa délicatement la main sur la poignée de la porte. Elle appuya dessus, mais sans résultat. Elle réessaya : la porte resta close. Elle était fermée à clé ; dommage que Phoebe ne dispose pas d'une pince-monseigneur. Elle ouvrit un des tiroirs du vaisselier pour observer ce qu'il contenait à l'aide de la torche, et tomba sur une vieille lime à ongles rouillée. Elle la glissa entre la porte et son encadrement, et força en priant pour que la porte s'ouvre. Elle ne bougea pas d'un pouce. De dépit, Phoebe jeta la lime sur le sol.

Autant attendre demain pour faire appel à un serrurier, car elle ne pourrait pas ouvrir elle-même cette sacrée porte.

Déçue, elle s'apprêtait à redescendre, lorsqu'un grincement la stoppa net. Son sang se figea dans ses veines. Elle se retourna avec une prudente lenteur et vit la porte qui tournait toute seule sur ses gonds rouillés.

Sa gorge se serra : elle venait pourtant bien de constater qu'elle était vérouillée. Ça ne pouvait être qu'un autre signe ou un autre message de l'esprit.

Après quelques secondes d'hésitation, elle fit un pas vers le seuil de la pièce sombre afin d'en scruter l'intérieur.

— Hello ?... y a-t-il quelqu'un ?

Sa voix n'était qu'un murmure.

Aucune réponse ne lui parvint. Elle balaya de sa torche tous les recoins du grenier ; elle n'y aperçut qu'une vieille chaise jaune, un bahut, deux ou trois lampes, des vêtements… aucun signe indiquant la présence d'un tueur fou. Elle ne risquait donc rien à y pénétrer.

Enfin… elle tentait de s'en persuader. En fait, elle aurait bien aimé que Piper – voire Prue – soit à ses côtés. Mais elle ne voulait pas se comporter comme une froussarde. D'ailleurs, elle n'avait aucune raison d'avoir peur. Et puis, elle ne tenait pas à ce que Prue la voie dévaler l'escalier comme une enfant…

Phoebe prit alors son courage à deux mains avant de s'introduire dans la pièce… sur la pointe des pieds.

— Hello ? répéta-t-elle… Y a quelqu'un ?

Un bruit mat résonna au-dessus d'elle. Les battements de son cœur s'accélérèrent. Elle braqua sa torche vers le toit pointu.

Rien. Juste le bruit de la pluie qui rebondissait sur la verrière, au travers de laquelle un nouvel éclair lui apparut. Une chape d'obscurité presque totale recouvrait de nouveau le grenier, la seule source de lumière provenant de sa lampe torche.

Puis, au travers de la verrière, se dessina une étrange et intense lueur. Phoebe comprit qu'il ne s'agissait pas d'une lumière naturelle, mais plutôt d'un flamboiement. Or, il faisait nuit, cela ne pouvait donc pas être l'éclat du soleil, ni même celui de la lune puisqu'il pleuvait et que la ville entière s'enveloppait de brouillard.

Elle regarda fixement la surprenante lumière scintillant au travers de la verrière, et qui éclairait la pièce, tel un spot qui se dirigeait sur une vieille malle, à l'écart des autres affaires parsemant le grenier.

Phoebe se sentit aussitôt hypnotisée par cette malle. Elle traversa la pièce et en regarda fixement le couvercle aux motifs finement ouvragés.

Que pouvait contenir ce coffre ? Etait-ce la planche aux esprits qui l'avait poussée à se poser cette question ? Elle respira profondément ; une seule solution existait pour le savoir.

Elle posa sa torche sur une étagère avant de s'agenouiller devant la malle. Puis elle en souleva délicatement le couvercle poussiéreux dont les gonds crissèrent.

L'étrange lueur n'éclairait plus à présent que l'intérieur de la malle. Celle-ci ne contenait pratiquement rien, à part un gros livre posé sur divers objets sans valeur.

Phoebe souleva précautionneusement le livre volumineux recouvert de poussière et de toiles d'araignées, referma doucement le couvercle, reprit sa lampe, et s'assit sur la malle pour consulter sa découverte.

L'ouvrage, relié en cuir marron, paraissait ancien. Phoebe en chassa la poussière d'un revers de la main, faisant apparaître un sigle étrange frappé dans le cuir – trois anneaux entrelacés dans un cercle.

Elle éprouva un choc en découvrant ce dessin qu'elle avait déjà vu quelque part. Un court instant lui suffit pour s'en rappeler. Elle avait vu ce symbole aux informations du soir. La femme assassinée portait exactement le même, tatoué sous la clavicule !

Phoebe ouvrit le livre pour en lire le titre. *Le Livre des Ombres*. Elle frissonna. De quoi pouvait-il bien s'agir ? Elle dirigea le faisceau de lumière sur la page de garde calligraphiée. Les lettres L et O étaient ornées comme dans les manuscrits historiés du Moyen-Age.

Ce *Livre des Ombres* troublait Phoebe, qui se concentra sur ces simples mots. Enfin, par association d'idées, elle comprit ! La planche aux esprits au dos de laquelle sa mère avait écrit : « Que cet objet vous offre la Lumière pour atteindre les Ténèbres », l'avait dirigée vers le grenier.

Ce livre avait-il appartenu à sa mère ? Elle n'en possédait qu'une image imprécise, puisqu'elle était morte lorsqu'elle n'était encore qu'une petite fille. Phoebe referma le livre pour bien examiner le sigle gravé sur la couverture. Quel rapport pouvait-il exister entre sa mère et ces femmes assassinées ? Car toutes portaient un tatouage identique. Phoebe soupira. Sa mère avait-elle fait partie d'une secte ?

Elle voulut en savoir davantage sur le contenu de ce livre. En le feuilletant rapidement, elle rencontra une illustration intéressante – une gravure sur bois représentant trois femmes qui dormaient. D'après leurs vêtements et le décor, ce dessin devait remonter à l'époque médiévale.

En tournant la page, elle découvrit une autre gravure sur bois, qui figurait également trois femmes, se battant contre d'horribles créatures. L'illustration suivante les représentait rassemblées au milieu d'un cercle dans lequel elles dansaient et chantaient.

Les gravures faisaient penser à une assemblée de sorcières. Ces femmes jetaient-elles des sorts ? S'agissait-il d'une sorte de traité de sorcellerie ? d'un grimoire ?

Un coup de tonnerre la fit sursauter. Depuis combien de temps se trouvait-elle là ? Son cœur battit à tout rompre lorsqu'elle serra contre elle *Le Livre des Ombres*. Il aurait été plus simple pour elle de le remettre à sa place et d'oublier son existence. Mais Phoebe se sentait incapable de le faire. Des perspectives insoupçonnées s'ouvraient à elle. Ce livre avait un rapport avec sa mère, et elle se devait de savoir de quoi il s'agissait. Il semblait détenir une puissance qui l'attirait irrésistiblement, et elle éprouvait le sentiment que sa destinée avait un lien avec lui – peut-être même pouvait-il lui fournir une explication sur ses échecs de ces deux dernières années.

En l'ouvrant de nouveau au hasard, elle tomba sur une enluminure torsadée. La page d'en face comportait des lettres peintes à la main, et rehaussées de feuilles d'or.

L'ensemble évoquait les paroles d'une incantation, que Phoebe se mit à lire lentement à haute voix.

— « Ecoutez à présent les vocables des sorcières. Les secrets que nous cachons dans la nuit. »

Un éclair zébra le ciel, suivi d'un roulement de tonnerre.

Phoebe sursauta et laissa échapper le livre. Etait-il possible que les mots de cette incantation eussent déclenché l'éclair et le tonnerre ? Elle secoua la tête, s'efforçant de chasser cette idée saugrenue de ses pensées.

Elle ramassa le livre et en continua la lecture.

— « Les plus anciens des dieux sont ici invoqués. »

Un nouvel éclair déchira le ciel, et un craquement sonore retentit à l'extérieur de la maison. Se retournant vivement pour regarder au travers de la verrière, elle aperçut une branche frappée par l'éclair, qui s'était abattue sur le sol et brûlait.

Etourdie, elle s'éloigna et vit une étrange lueur étincelant au milieu de la pièce, dont la source semblait sortie de nulle part.

Phoebe faisait tout son possible pour maîtriser le tremblement de ses mains. Ce livre avait appartenu à sa mère. Maman n'aurait jamais pu commettre le mal, et jeter des maléfices. En tout cas, elle s'efforçait de s'en convaincre. En même temps, elle ne pouvait détacher son regard de cette lumière, à la fois extraordinaire et peut-être redoutable. Il s'agissait probablement d'un phénomène naturel lié à la tempête.

Phoebe posa les mains sur le grimoire, se demandant si elle avait provoqué l'apparition de cette lumière en lisant ces incantations. Sa curiosité était à son comble.

Il fallait qu'elle sache !

Elle reprit son souffle et, avec émotion, poursuivit sa lecture.

— « Cette nuit et à cette heure, je vais faire appel au Pouvoir Ancien. »

Un courant d'air traversa la pièce, et raviva l'intensité lumineuse de la lueur.

— « Apportez vos pouvoirs, à nous les trois sœurs, psalmodiait-elle d'une voix tremblante. Nous voulons le pouvoir. Donnez-nous... le pouvoir ! »

Dès qu'elle eut prononcé ces paroles, le courant d'air frais se transforma en un vent violent qui tournoya autour du grenier, autour de Phoebe, autour de la table, tourbillonnant en spirale comme une tornade. Des étincelles ressemblant à des poussières d'étoiles scintillaient dans l'ouragan, tel un feu d'artifice.

Les cheveux de Phoebe s'enroulaient autour de son visage. Cramponnée au livre, elle se sentait pourtant parfaitement calme et sereine, ne tremblant plus du tout. Son corps paraissait curieusement détendu, tranquille. Mais dans sa tête, les pensées tournoyaient, tel ce souffle mystérieux qui l'enveloppait.

Elle baissa les yeux vers ses genoux sur lesquels était posé le livre.

— C'est un ouvrage de sorcellerie, murmura-t-elle. Je l'ai lu à haute voix, et j'ai déclenché une force obscure. Peut-être quelque chose d'horrible.

Comme hypnotisée, Phoebe s'assit au centre de la tornade, les yeux fixés sur les pages du livre qui défilaient de plus en plus vite sous l'effet du vent.

Dorénavant, elle ne pouvait plus mesurer les conséquences de cette révélation.

CHAPITRE 4

Prue attrapa la main de Piper et l'entraîna dans l'escalier menant au grenier.

— Ça fait un sacré moment que Phoebe est là-haut, dit-elle. Je suis inquiète.

Le faisceau de la lampe se réverbérait sur les murs, éclairant les photos accrochées d'une lueur inquiétante. Les vieux portraits semblaient reprendre vie sous les mouvements des ombres.

— D'abord, tu me fais descendre au sous-sol, et maintenant tu veux m'entraîner dans le grenier, grogna Piper. Dehors, il y a un ouragan, l'électricité est coupée, le téléphone ne marche plus... Tout ça me donne la chair de poule.

Prue serra la main de Piper un peu plus fortement tout en continuant à monter les marches. Bien qu'elle sache que sa sœur pouvait éprouver des peurs irraisonnées, elle espérait quand même la calmer.

— Allez... On va juste voir si Phoebe va bien.

Arrivée en haut de l'escalier, elle dirigea sa torche en direction de la porte du grenier.

— Pas possible, s'étrangla Prue, la porte est ouverte.

Elle s'avança dans le grenier en l'éclairant au hasard. Tout semblait tranquille et calme. Phoebe était assise sur une vieille malle en bois, un livre ouvert posé sur les genoux.

— Qu'est-ce que tu fabriques ? s'enquit Prue.

Phoebe leva les yeux, paraissant dans un état second.

— Je... je... enfin... je lis... des incantations, bégaya-t-elle.

Elle ferma le livre et le tendit à Prue.

— Voilà *Le Livre des Ombres*, expliqua-t-elle. Je l'ai trouvé dans la malle.

— Laisse-moi voir ça.

Prue observa la couverture avec attention. Puis elle ouvrit le livre pour le feuilleter.

— Phoebe, comment es-tu rentrée ici ? interrogea Piper.

— La porte... elle s'est ouverte... toute seule.

Prue lança un regard à sa sœur. Phoebe se comportait d'une façon très étrange, mais elle ne parvenait pas à déterminer ce qui avait provoqué ce changement.

— Attends une minute, dit Piper avec une certaine nervosité. Tu lisais des incantations, mais de quelles sortes d'incantations s'agit-il ?

Prue écoutait distraitement sa sœur, car elle se concentrait sur l'épais livre qu'elle tenait entre les mains.

— Ça a un rapport avec nous. Le fait fondamental d'être trois... qui nous donnerait des pouvoirs magiques, exprima lentement Phoebe, comme en état de transe.

— Ressentir les choses, être prêtes et présentes au bon moment, en phase avec la lune ; si on peut faire ça, maintenant – à minuit, un soir de pleine lune... c'est le moment le plus propice.

D'accord, j'ai compris, pensa Prue. *Phoebe a vraiment pété les plombs*.

— Faire quoi ? demanda Piper. De quoi tu parles ?

— De recevoir nos pouvoirs, répondit Phoebe, les yeux dans le vague.

— Quels pouvoirs ? s'énerva Piper. (Elle était au bord de la crise de nerfs.) Et qu'est-ce que je viens faire là-dedans ?

Prue repéra rapidement au début du livre l'incantation à laquelle Phoebe faisait allusion. L'émotion l'étrangla en la lisant. Phoebe lui avait toujours paru un peu excentrique mais elle n'imaginait pas qu'elle plongerait dans une histoire pareille.

— Elle parle bien de nous trois, précisa Prue à Piper avant de lui lire l'extrait du *Livre des Ombres* : « Apportez vos pouvoirs, à nous les trois sœurs. » (Elle tendit le livre à Piper pour qu'elle vérifie.) C'est un livre de sorcellerie.

— Je peux l'expliquer, avança Phoebe. Enfin, je crois.

— Ça a commencé par la danse du ventre, lança Prue, l'interrompant. Ensuite tu t'es fait percer le nombril. Et maintenant tu te prends pour une sorcière ? Laisse-moi un peu respirer !

Elle sortit du grenier, ne voulant plus écouter les délires de sa sœur.

— La planche aux esprits ! criait Prue en descendant l'escalier. Un livre de sorcellerie ! Tous ces trucs de dingues ont commencé depuis ton retour !

— Hé, c'est pas moi qui ai retrouvé la planche aux esprits, réagit Phoebe en sortant brusquement de son hébétude. C'est toi.

— Mais ce ne sont pas mes doigts qui ont poussé la baguette, rétorqua immédiatement Prue.

— Ça n'a aucune importance, intervint Piper, parce que en fait, il ne s'est rien passé. Pas vrai Phoebe ? Quand tu as lu cette incantation, rien n'a changé ?

Phoebe haussa les épaules.

— Ben !... ma tête s'est mise à tourner... j'ai vomi ma soupe... comment est-ce que je pourrais savoir ?

Prue ne croyait pas à ces histoires de sorcellerie et d'incantations ; d'un autre côté, elle pensait que Phoebe ne racontait pas de bêtises. Elle espérait par-dessus tout que sa sœur n'allait pas s'enticher d'occultisme uniquement parce qu'elle avait trouvé ce livre idiot dans le grenier. Grams avait dû le dénicher dans une brocante... Elle collectionnait ainsi toutes sortes de vieilles choses assez étranges.

Une fois arrivée au rez-de-chaussée, Prue, à l'aide de sa torche, inspecta la maison dans ses moindres recoins. Elle était sûre que rien n'avait changé.

Piper, à son tour, s'arrêta au pied de l'escalier.

— Tout semble être en place.

— Dommage, plaisanta Prue. La maison aurait bien besoin d'un coup de fraîcheur.

— Je veux dire que l'atmosphère n'a pas changé,

ajouta Piper tout en continuant à regarder un peu partout. Rien n'a bougé ? On est bien d'accord ?

— Mais non, rien n'a bougé, confirma Prue.

Tout à coup, les ampoules du vieux lustre du salon se mirent à clignoter, puis la pièce s'éclaira.

— Hé ! la lumière est revenue ! se réjouit Piper.

La bouche grande ouverte, Prue contemplait le lustre. Ça marchait. Comment était-ce possible ?

— Tu étais bien en train d'essayer de réparer ce lustre ? demanda Piper.

— Je… je ne crois pas, balbutia Prue. (Elle n'avait pas vraiment bricolé, juste touché quelques fils.) Je ne comprends pas ce qui s'est passé.

Phoebe prit sa sœur dans ses bras.

— Peut-être, je dis bien peut-être, était-ce…

— Laisse-moi reprendre mes esprits, lui intima Prue d'un ton sec. Ce n'était pas de la magie. Il doit y avoir un fil abîmé, et ça va à nouveau sauter dans moins d'une minute.

Enfin, c'est ce qu'elle espérait. Elle aimait trouver des interprétations logiques pour toutes choses, et elle décrétait qu'on ne pouvait pas expliquer autrement pourquoi ce lustre se mettait à éclairer après plusieurs mois de panne.

Phoebe fixa des yeux le lustre en haussant les épaules.

— Prue, c'est comme tu veux. Comme tu veux.

Phoebe essayait de trouver le sommeil. Certes, son retour à San Francisco l'avait perturbée, mais sa présence dans cette vieille maison lui procurait des sensations plus étranges encore. Elle savait que ce qui s'était passé dans le grenier ce soir revêtait une importance considérable.

Elle ne se sentait pas le courage d'en parler à Prue, ni à Piper, car elles ne voudraient jamais la croire.

Phoebe ferma les yeux espérant trouver le sommeil. La journée avait été longue : elle venait de voyager une semaine en bus pour traverser le pays. Et, malgré l'épuisement, *Le Livre des Ombres* l'obsédait.

Elle aurait dû être effrayée, ne serait-ce que par la lumière et le vent qui tournoyaient autour d'elle. Pourtant, curieusement, elle n'avait éprouvé aucune peur. A présent, elle n'avait qu'une seule envie : se précipiter dans le grenier pour y lire *Le Livre des Ombres*, du début à la fin. Il lui lançait un appel, la magnétisait.

Cependant, elle tenta de détourner le cours de ses pensées. Il était déjà tard. Elle le lirait demain. Mais dès qu'elle fermait les yeux, l'étrange symbole imprimé sur la couverture lui apparaissait.

Phoebe comprit qu'elle ne pourrait trouver le repos tant qu'elle ne l'aurait pas lu. Elle rejeta ses couvertures, sortit du lit, attrapa la torche rangée dans sa table de nuit, et l'alluma. Elle ne voulait pas réveiller ses sœurs en éclairant le couloir.

Après s'être glissée dans l'entrée, elle franchit vivement la volée de marches menant au grenier. La porte était toujours ouverte. Avant de pénétrer dans la pièce, elle y jeta un coup d'œil.

Tout semblait normal. L'air n'était pas glacial. Pas

de bourrasque en vue. Pas d'ombres inquiétantes. Aucune lumière, à part celle de sa lampe torche.

Phoebe se dirigea vers un pupitre poussiéreux, sur lequel trônait *Le Livre des Ombres*. Piper avait dû l'y déposer lorsqu'elles étaient redescendues. Elle prit l'ouvrage avec délicatesse, puis s'assit sur un vieux fauteuil rembourré.

Elle l'ouvrit au hasard. Ce n'était certainement pas une coïncidence si elle avait découvert ce livre précisément cette nuit-là. Et ce n'était certainement pas un hasard non plus si elle était de retour à la maison : sans doute un signe du destin, ou bien quelque chose qui s'en rapprochait. Elle se jura d'en tenir compte. De plus, ça lui permettrait de prouver à Prue et à Piper qu'elle n'était pas fofolle.

Phoebe passa à la page suivante sur laquelle elle tomba en arrêt. Elle lut et relut un titre : « Le Procès de Melinda Warren ».

Melinda Warren ! Phoebe en resta bouche bée. C'était le nom d'une de leurs ancêtres.

Elle se souvint des moments passés avec Grams, lorsque celle-ci feuilletait les albums de photos de famille en leur présentant les personnes. Il n'y avait aucune photo de Melinda Warren, mais Grams citait son nom chaque fois qu'elle évoquait l'histoire de leur famille.

Melinda Warren avait été le premier membre de la lignée à s'installer en Amérique. Elle avait quitté l'Angleterre pour immigrer dans le Massachusetts au XVIIe siècle, victime de persécutions religieuses d'après Grams.

Phoebe se demanda si ce livre racontait son histoire, celle de « leur » Melinda Warren. En retenant sa respiration, elle commença sa lecture :

Melinda Waren quitta l'Angleterre pour arriver en Amérique en 1654, accompagnée de Cassandra, sa fille âgée de deux ans. Les familles Grant, Morgan et Marston font partie de sa descendance.

Le cœur de Phoebe se mit à battre la chamade. Marston ! C'était le nom de jeune fille de sa mère !

N'ayant jamais oublié ses connaissances en matière de sorcellerie, Melinda Warren possédait trois pouvoirs particuliers. Le premier : la télékinésie, c'est-à-dire la capacité de faire se mouvoir des objets uniquement grâce à l'énergie tirée de son esprit. Le deuxième : la faculté de voir l'avenir, le don de prémonition. Le troisième : la faculté d'arrêter le temps.

Nom d'un chien ! Grams ne leur avait jamais parlé de tout ça.

Les pouvoirs de Melinda Warren furent découverts lorsque son amant, Hugh Montgomery, la dénonça à la population de la ville. Elle fut jugée et condamnée en tant que sorcière, puis brûlée en place publique – un jugement qui n'avait jamais eu lieu auparavant.

Phoebe faillit s'étrangler. Elle ne pouvait plus arrêter sa lecture.

Les habitants de la ville la traînèrent vers un bûcher dressé sur la place centrale du village. Là, le bourreau agita une torche enflammée devant elle en lui demandant quelles étaient ses dernières paroles. Voici ce qu'elle déclara :

— « Vous pouvez me tuer, mais vous ne pourrez pas détruire mon espèce. De génération en génération, les sorcières Warren vont acquérir un pouvoir de plus en plus grand – jusqu'au moment où trois sœurs vont arriver. Ensemble, elles développeront un immense pouvoir et deviendront les sorcières les plus puissantes que le monde ait jamais connues. Elles s'appelleront les Charmed[1]. *»*

Le bourreau dirigea ensuite sa torche sur la paille disposée sous les pieds de Melinda. Elle mourut dans d'horribles souffrances – mais ses pouvoirs vivent toujours dans le cœur de toutes les sorcières Warren. La naissance des Charmed *constituera un jour de liesse.*

Phoebe laissa le livre ouvert sur ses genoux. Elle s'efforça de recouvrer une respiration régulière. Ce qu'elle découvrait lui faisait l'effet d'un coup de massue.

Trois sœurs... descendantes de Melinda Warren...

Phoebe se rappela les mots qu'elle avait psalmodiés plus tôt dans la soirée. « Apportez vos pouvoirs, à nous les trois sœurs. »

Sommes-nous les sœurs citées dans le livre ? Ce

---

1. *Charmed* : Les Ensorceleuses *(N.d.T.)*

livre parle-t-il de nous ? Sommes-nous ces fameuses *Charmed* ?

— Non, ce n'est pas possible. (Phoebe se prit la tête dans les mains.) Cela voudrait dire... cela voudrait dire que nous sommes des sorcières !

Puis, brusquement, une brise chaude souffla dans la pièce, tandis qu'une faible odeur de bois brûlé flottait dans l'air. Elle se redressa brusquement. Que se passait-il ?

Le cœur de Phoebe battit à grands coups. Les pages du *Livre des Ombres* se mettaient à tourner toutes seules sous l'influence du vent qui soufflait en violentes rafales.

L'odeur de bois brûlé devenait de plus en plus forte, se mélangeant à présent avec un autre relent, qui lui donna un haut-le-cœur. Elle faillit vomir lorsqu'elle comprit qu'il s'agissait de chair brûlée.

Phoebe n'avait qu'une seule envie : fuir, mais, tétanisée, elle en était incapable. Elle se sentait des jambes de plomb, son corps lui semblait être rivé au fauteuil. Qu'est-ce qui pouvait bien la paralyser de cette façon ? La planche aux esprits était peut-être maléfique ? Puis, baissant les yeux sur *Le Livre des Ombres*, elle se dit que l'ouvrage, lui aussi, était doté d'un pouvoir maléfique. Une peur panique l'envahit.

Le grenier fut illuminé par une violente lumière surgie de nulle part. Phoebe masqua ses yeux de ses mains. L'odeur rance de chair brûlée devenait de plus en plus forte, et elle eut un nouveau haut-le-cœur. La lumière devenant moins intense, elle retira ses mains :

le souffle coupé, elle découvrit l'horrible vision qui se trouvait devant elle.

Au milieu de la pièce, une silhouette carbonisée flottait à quelques centimètres du sol. Prise de tremblements, Phoebe regardait la longue robe charbonneuse, les bras putrides et décharnés qui s'écartaient... et se rapprochaient d'elle. Sa bouche s'ouvrit, découvrant des dents gâtées et noires.

— Tu m'as appelée, grogna la créature. Tu m'as appelée pour tes pouvoirs...

CHAPITRE 5

Phoebe tenta vainement de se relever, tandis que la créature calcinée se rapprochait d'elle en flottant. Une force surnaturelle semblait l'immobiliser sur son siège. Elle ferma les yeux. *C'est pas vrai. C'est pas vrai.*

— C'est pas vrai, marmonnait-elle. Je vous en supplie, dites-moi que ce n'est pas vrai !

Elle hurlait.

Lorsqu'elle réussit à ouvrir les yeux, la créature planait toujours juste au-dessus d'elle.

— Tu m'as appelée, lui répétait la créature d'une voix grinçante.

— Non ! hurlait Phoebe désespérément. Barre-toi !

— Tu m'as appelée pour tes pouvoirs, insista la silhouette fantomatique. Les trois sœurs sont des sorcières qui possèdent un immense pouvoir, et elles vont devenir les plus puissantes que le monde ait jamais connues. Vous êtes les *Charmed*.

— Qui... mais... qui êtes-vous ?

Phoebe bégayait.

Enveloppée dans une irréelle lueur rougeoyante, la silhouette se rapprocha encore de Phoebe en flottant.

— Je fais partie de toi et tu fais partie de moi. (Elle fixait Phoebe de ses orbites vides et putréfiées.) Je m'appelle Melinda Warren.

Les tempes de Phoebe se mirent à battre violemment. Avait-elle véritablement en face d'elle le fantôme de Melinda Warren ?

— Toi et tes sœurs êtes les *Charmed*, lui répéta l'esprit. Les trois sœurs possèdent la puissance du bien, un pouvoir beaucoup plus considérable que celui d'aucune autre sorcière. Au début, il sera fragile, mais il se développera rapidement. Souviens-toi d'une chose : le plus important est que vous travailliez ensemble. C'est l'association de vos trois pouvoirs qui fait que vous êtes les *Charmed*. Tu comprends ce que je te dis ?

Immobile, Phoebe considérait le fantôme sans articuler le moindre mot. Elle n'arrivait pas à comprendre ce qui lui arrivait. Elle referma lentement les yeux, pour éloigner ce qui n'était pour elle qu'une vision, persuadée qu'elle devait rêver.

— Tu comprends ce que je te dis ? lui répéta le fantôme. Réponds-moi !

Phoebe souleva les paupières.

— Oui, je… je… comprends.

— C'est bien. Maintenant, fais bien attention, ajouta l'esprit. Les trois sœurs possèdent un pouvoir exceptionnel, mais elles sont également en grand danger. Vous devez rester sur vos gardes.

— Mais… pourquoi ? murmura Phoebe.

— A cause des démons. Ils vont tout tenter pour anéantir vos pouvoirs. Et la seule façon de les en empêcher... (le fantôme de Melinda grimaça en montrant ses dents pourries)... c'est de les tuer.

Phoebe mit les bras autour de son cou. Elle ne pouvait pas refréner son tremblement.

— Les démons vont arriver. Je ne sais pas quand le premier va frapper. Je sais seulement qu'il a déjà tué plusieurs sorcières.

Melinda effectua un mouvement du bras, puis un nuage de fumée apparut. Une silhouette se dessina dans la vapeur grise. Phoebe la détailla. Elle eut un mouvement de recul lorsque la silhouette se précisa.

Un homme de grande taille, portant une cagoule, se découpait dans les ombres d'un appartement ; il était penché sur le corps d'une belle femme blonde.

En second plan, un autel s'illuminait de bougies.

Alentour, les tapis, les fenêtres, les murs étaient tout éclaboussés de sang...

L'homme tenait un couteau à double lame, à la poignée ciselée.

— Non !

Phoebe mit la main devant sa bouche pour étouffer le hurlement d'horreur qu'elle ne put retenir. Incapable de regarder plus longtemps, elle se détourna de cette scène atroce.

L'image et la fumée devinrent de plus en plus floues. Puis elles s'évanouirent.

Phoebe tremblait de tout son corps. Elle savait ce que cette horrible apparition signifiait : l'assassin dont parlait la télévision était un tueur de sorcières –

il allait s'en prendre à Phoebe ainsi qu'à ses sœurs, et c'était sa faute.

— Je n'aurais jamais dû lire cette incantation ! (Phoebe pleurait.) Je ne veux pas de ce pouvoir ! Reprenez-le, je vous en supplie !

Melinda fronça les sourcils.

— C'est ton destin, c'est aussi celui de tes sœurs ! Aucune de vous trois ne peut y échapper ! (L'esprit planait dans les airs.)

— Vous êtes les *Charmed*. Vous devez protéger les innocents des forces du mal.

Phoebe respirait de façon saccadée.

— Mais comment ? Je vous en supplie, aidez-moi ! Comment peut-on combattre un démon ? Je ne sais d'ailleurs même pas ce qu'est un démon !

Une brise glaciale souffla dans le grenier, tandis que Melinda Warren disparaissait lentement.

— Attendez ! hurla Phoebe. Je ne sais pas quoi faire ! Je ne sais pas comment utiliser mes pouvoirs ! Je ne comprends rien du tout à ce qui m'arrive !

La silhouette de Melinda s'estompait.

— Je ne peux pas rester plus longtemps, dit-elle.

— Mais qu'allons-nous faire ? implora Phoebe.

— *Le Livre des Ombres* vous servira de guide, répondit le fantôme qui n'était plus qu'une vague ombre. N'oublie jamais… Le pouvoir des trois vous libérera… Le pouvoir des trois vous libérera…

Tout tourbillonnait dans la tête de Phoebe tandis qu'elle s'efforçait de comprendre ce qui venait de se passer. Elle baissa les yeux sur *Le Livre des Ombres*, toujours ouvert à la page concernant Melinda Warren.

Elle se demandait quelle était la part de vérité dans toute cette histoire. Etaient-elles vraiment des sorcières ? Etaient-elles réellement les *Charmed* ?

Elle suffoquait en regardant le grimoire. Des mots commencèrent à apparaître de façon magique en bas de la page, comme si une main invisible les écrivait. Phoebe déchiffrait les lettres les unes après les autres au fur et à mesure qu'elles apparaissaient sur le papier :

« Le pouvoir des trois vous libérera. »

— C'est vrai. (Phoebe reprenait sa respiration.) Tout cela est réel. Tout ce qu'a dit Melinda est exact. Aussi bizarre que cela puisse paraître, nous sommes des sorcières. Prue, Piper et moi… nous sommes les *Charmed*.

Phoebe poussa un soupir en pensant à ce qu'elle allait devoir affronter. Comment devait-elle s'y prendre pour expliquer ces événements à Piper et à Prue ? Ce ne serait pas simple.

CHAPITRE 6

Le lendemain matin, Prue fut réveillée par un rayon de soleil qui lui effleura le visage. A son grand soulagement, la matinée s'annonçait belle et douce. Elle était heureuse que la tempête soit terminée.

Le réveil indiquait six heures. Il était trop tôt pour se lever. Poussant un petit grognement, elle referma les yeux, mais cela ne servit à rien, elle était bien réveillée.

Autant aller au musée et commencer son travail plus tôt. Elle prit une douche, s'habilla rapidement, attrapa son sac à dos en cuir, puis descendit dans la cuisine pour se faire un café. Elle fut surprise d'y trouver Phoebe, assise à la table, l'étrange livre du grenier étalé devant elle.

— Salut, Phoebe, dit Prue, en posant son sac sur la table. Ça va ? T'as la tête de quelqu'un qui n'a pas fermé l'œil de la nuit.

Phoebe baissa les yeux sur le livre.

— Prue, il faut que je te parle. C'est important.

Phoebe n'allait pas remettre Roger sur le tapis ! Prue n'avait pas du tout envie d'aborder le sujet, ni maintenant, ni plus tard.

— Si c'est à propos de Roger…
— Laisse tomber Roger, dit Phoebe. C'est pire que ça.

Avant de venir s'asseoir à la table avec Phoebe, Prue remplit une bouilloire d'eau qu'elle mit à chauffer sur la cuisinière.

— Quelque chose ne va pas ? Tu es malade ?

Phoebe fit non de la tête.

— Ça n'a rien à voir, répondit-elle. C'est à propos de nos pouvoirs.

Prue sentit une bouffée de colère lui monter au visage.

— Nos pouvoirs ? Tu en es encore à ces âneries ?

Phoebe pointa un doigt vers *Le Livre des Ombres*.

— Tout est là-dedans. Il y est écrit qu'une fois que nos pouvoirs se seront réveillés, nous…

— Ecoute, Phoebe. (Prue se leva de sa chaise.) Je pensais que tu voulais me parler d'un problème te concernant. Mais je n'ai pas de temps à perdre à écouter tes sornettes.

Elle éteignit le feu sous la bouilloire et prit son sac à dos.

— J'espère que tu vas très vite arrêter de délirer.

Et elle sortit de la cuisine.

Elle se dirigea vers la porte d'entrée qu'elle referma derrière elle en la claquant bien fort.

— Des pouvoirs ! répéta-t-elle à haute voix.

Phoebe est vraiment tordue, se dit Prue en montant dans la voiture. Plus rien n'allait être normal maintenant qu'elle était revenue à la maison.

Elle mit le contact et prit la direction de son travail.

Elle se gara près du Muséum d'histoire naturelle où elle occupait la fonction de conservatrice spécialisée en objets anciens.

Elle tourna le coin de la rue pour s'arrêter chez *Dina*, le bar le plus proche. Prue avait vraiment besoin de boire immédiatement un café bien fort.

En attendant d'être servie, elle ne pouvait s'empêcher de se faire du souci pour Phoebe. Elle se disait que sa sœur n'allait pas tarder à avoir des ennuis. Et ça faisait même pas vingt-quatre heures qu'elle était à la maison ne parlant que de sorcières. Elle avait dû tomber sur la tête !

Le café de Prue arriva. Elle le but, le régla, et en se retournant, bouscula la personne qui se trouvait derrière elle.

— Zut !

Le type eut juste le temps de faire un écart tandis que le café se renversait sur le sol.

— Je suis désolée, s'excusa Prue, sans même regarder l'homme.

Elle attrapa quelques serviettes en papier sur le comptoir pour essuyer le café répandu. Le client se mit à genoux pour l'aider.

— Non, non, c'est ma faute, lui dit-il.

Prue connaissait cette voix profonde, enrouée et assurée. Considérant le visage de l'homme, elle croisa des yeux bruns perçants et respirant l'intelligence.

— Andy ?

L'homme lui sourit :

— Prue ?

Elle se releva lentement. C'était bien lui. Andy

Trudeau, son petit copain de lycée qu'elle n'avait pas vu depuis des années.

Il semble en pleine forme, se dit Prue tandis qu'il se relevait à son tour. Son visage austère avait davantage de charme avec quelques années de plus. Il portait ses cheveux ondulés châtain clair, plus courts qu'autrefois. Prue trouva que ça lui allait très bien.

— Ça alors ! dit Andy. Comment vas-tu ?
— Bien. Et toi ?
— Ça roule. (Andy l'observa pendant quelques instants.) J'arrive pas à croire que c'est bien toi ! Qu'est-ce que tu fais là ?

Prue sourit intérieurement. Il semblait vraiment content, et elle devait admettre qu'elle aussi était heureuse de le voir.

— Je vais travailler. Et toi, qu'est-ce que tu fais dans ce quartier ?
— J'enquête sur un meurtre, répondit Andy. Tout à côté, à l'angle. Je passais juste boire un café. Tu as le temps de t'asseoir une minute ? Laisse-moi t'en offrir un autre.
— Avec plaisir, acquiesça-t-elle, rougissante, en regardant sa montre. Elle était largement en avance.

Andy commanda un autre café, puis ils s'assirent à une table près de la porte vitrée.

— Alors, comme ça, tu es flic ?
— Appelle-moi simplement inspecteur Trudeau, plaisanta Andy. T'arrives pas à le croire ? Il n'y a qu'à San Francisco que l'on est affublé d'un titre aussi vieux jeu.

— Ah... j'aime le titre d'inspecteur. Je trouve qu'il sonne bien.

— En fait, je trouve aussi, sourit Andy.

— Ton père doit être fier, continua Prue.

Andy était le dernier d'une longue lignée d'inspecteurs de police.

— C'est la troisième génération. Alors, tu peux imaginer s'il est heureux. Et toi ? Tu as mis le monde à tes pieds ?

— Non, j'ai pas encore réussi. Je suis retournée vivre dans la maison de Grams, et il y a un peu de tension dans le boulot pour l'instant.

Prue s'arrêta un moment. Elle pensait à Roger, son ex-fiancé qui était aussi son chef. Depuis qu'ils avaient rompu, Roger ne l'avait jamais ennuyée. Mais Andy n'ayant pas besoin de connaître cette histoire, Prue décida de se montrer décontractée.

Elle sentait le regard d'Andy posé sur elle tandis qu'elle buvait son café. Elle rougit.

— Je... j'avais entendu dire que tu habitais Portland, reprit-elle, ne sachant que dire d'autre.

— Oui, mais je suis revenu.

Andy marqua une pause. Prue remarqua qu'il regardait les doigts de sa main gauche. Puis il la fixa droit dans les yeux.

— Prue, je suis vraiment heureux de te revoir.

Prue se rendit compte qu'il vérifiait si elle portait une alliance. Il ne l'avait pas oubliée. Rien que d'y penser, une onde de bonheur la traversa. Elle n'aurait rien contre le fait de reprendre leur relation. Mais alors, vraiment rien du tout.

Ils s'étaient séparés à la fin de leurs études secondaires. Andy avait souhaité qu'elle le suive dans une université de l'Oregon, mais elle voulait rejoindre l'UCLA. Elle pensait qu'ils pouvaient poursuivre leur relation à distance. Lui pas. L'affaire avait été vite classée.

Prue n'avait jamais oublié ce premier amour. Et apparemment, lui non plus. Elle avait été aussi son premier amour.

— Tu vois toujours Roger ?

— Comment es-tu au courant à propos de Roger ? rétorqua-t-elle d'un air surpris.

Andy habitait Portland pendant toute la période où elle sortait avec Roger.

— Je connais les gens, dit Andy en laissant errer son regard dans le vague.

— Tu m'espionnes ? fit Prue, incrédule.

Elle se sentait à la fois choquée et intriguée.

— Je ne dirais pas exactement ça.

Prue avala une gorgée de café.

— Ah bon ? Alors, comment appelles-tu ça ?

— Les esprits curieux cherchent à tout savoir, n'est-ce pas ?

Andy souriait d'un air penaud, et Prue éclata de rire.

— Tu m'espionnes !

— Bon, c'est vrai, mais n'oublie pas que je suis flic. (Andy tournait nerveusement sa cuillère dans sa tasse.) Alors, vous êtes toujours ensemble ?

— Non. Ça fait un moment qu'on est séparés.

Andy ouvrit la bouche, sur le point d'ajouter quelque chose puis, finalement, se ravisa.

— Qu'est-ce que tu allais dire ? lui demanda Prue d'un ton taquin.

— C'est vraiment étrange que je tombe sur toi aujourd'hui.

— Pourquoi ? l'encouragea-t-elle à continuer.

— Parce que je pensais beaucoup à toi ces derniers temps, lui confia-t-il en baissant la tête. Enfin, je veux dire, plus que d'habitude.

Il releva la tête pour la regarder avec attention.

Prue le trouva plus posé qu'avant. Plus maître de lui aussi. Elle se réjouit de ce changement.

— J'ai beaucoup pensé à toi lorsque j'ai appris le décès de Grams. C'était une femme merveilleuse. J'aimais parler avec elle lorsque j'allais te chercher dans cette vieille maison.

Prue lui sourit. C'était vraiment agréable de se retrouver avec quelqu'un qui se souvenait. Roger n'avait jamais semblé s'intéresser à son passé, comme il n'avait jamais apprécié Grams. Il la trouvait cinglée. Mais Andy, par contre...

Une vague d'émotions la submergea. Il fallait qu'elle se calme, qu'elle se contrôle. A la suite de sa rupture avec Roger, elle s'était juré de prendre du recul pour mieux récupérer. Elle n'avait pas voulu démarrer tout de suite une nouvelle relation. Cela faisait *presque un an*...

Elle jeta un coup d'œil à sa montre. Zut ! Neuf heures moins dix. Elle ne s'était pas rendu compte que le temps avait passé si vite.

— Il faut que j'y aille, lui dit-elle.
— Ouais, moi aussi, répondit Andy.

Ils se levèrent de table, et quittèrent le café. Gênés, ils s'attardèrent quelques instants devant l'établissement.

Prue avait la sensation qu'Andy ne se résolvait pas à lui dire au revoir.

— Dis donc, le numéro de téléphone est toujours le même, à la maison ? s'enquit-il.

Prue réprima un sourire. Elle trouva un stylo ainsi qu'un bout de papier au fond de son sac, pour y inscrire le numéro de téléphone. Elle se persuada que le simple fait de le lui donner ne voulait pas dire qu'ils allaient reprendre leur relation.

— Tiens, voilà.
— Je t'appellerai bientôt, dit Andy, en glissant le papier dans la poche de sa veste.
— Super !

Prue lui fit une bise sur la joue et se dirigea vers le coin de la rue pour aller au musée. Elle était tout excitée en pensant à Andy. Jamais elle n'avait réalisé à quel point il lui avait manqué.

— Impeccable, dit Piper en coupant un brin de romarin qui poussait dans le jardin. Elle tailla également quelques belles branches de basilic. Ces herbes lui seraient utiles pour passer son test chez *Quake* l'après-midi même.

Sa petite récolte terminée, Piper repartit vers la maison. Vêtue d'un cycliste, Phoebe était assise sur l'une des marches du perron ; une tasse de café à la main, elle consultait un journal ouvert sur ses genoux. Elle semblait fatiguée, mais essayait de faire bonne figure.

— Tu t'es levée tôt, lui dit Piper.

— Je ne me suis pas couchée.

— Qu'est-ce que t'as fait toute la nuit ?

— J'ai lu. J'ai lu *Le Livre des Ombres*. (Elle hésitait.) D'après ce livre, une de nos ancêtres était... (elle regarda Piper du coin de l'œil)... une sorcière. Elle s'appelait Melinda Warren.

Piper roula les yeux. Elle n'avait jamais cru en l'existence des sorcières. Elle s'assit tout contre Phoebe pour lui murmurer :

— Et nous avons un cousin alcoolique, une tante maniaque, et un père invisible.

— Je suis sérieuse, insista Phoebe. Melinda Warren possédait des pouvoirs. *Trois* pouvoirs. Elle pouvait déplacer les objets à distance, prévoir l'avenir, et arrêter le temps. Avant d'être brûlée en place publique, elle déclara que chaque génération de Warren comporterait des sorcières qui auraient des pouvoirs de plus en plus puissants... avec en point d'orgue ; l'arrivée de trois sœurs.

Piper prit un air interrogateur.

— De trois sœurs ? répéta-t-elle.

— Ces sœurs devraient être les sorcières possédant le pouvoir le plus puissant qui existe au monde. Ce sont de bonnes sorcières, et...

— Laisse-moi deviner. Si je comprends bien ce que tu essaies de dire, il pourrait s'agir de nous. Mais Phoebe, enfin, c'est complétement dingue.

— Attends, Piper. Ce n'est pas tout, continua Phoebe. (Elle désigna le journal.) J'étais en train de lire un article à propos de la dernière femme assassinée par ce fou furieux. Elle avait le même tatouage que les autres victimes. Or, ce tatouage représente le même symbole que celui qui se trouve sur la couverture du *Livre des Ombres* !

Elle lui montra la photo illustrant l'article. Il s'agissait d'un cliché où figurait le tatouage découvert sur la dernière victime : trois anneaux entrelacés dans un cercle.

— Tu piges ?

Piper examina la photo. Phoebe avait raison. Il s'agissait bien du même symbole. Elle haussa les épaules, mais ne put s'empêcher de frissonner.

— Et alors ? C'est sans doute un vieux symbole celte. Il doit y avoir tout un tas de gens qui portent des tatouages de ce type. Un truc branché…

— Piper, ces femmes sont des sorcières, j'en suis persuadée. Je pense qu'elles ont des pouvoirs… et un démon essaie de les leur voler, les mêmes que ceux que possédait Melinda Warren. Des pouvoirs que *nous* possédons également.

Piper serra les dents. Prue avait probablement raison. Phoebe jouait peut-être à un jeu stupide consistant à éprouver leur crédulité.

— Phoebe, arrête de raconter n'importe quoi. Ce n'est plus drôle du tout.

Phoebe laissa tomber le journal, et fixa Piper droit dans les yeux.

— Piper, regarde-moi. Est-ce que j'ai vraiment l'air de plaisanter ?

Piper observa sa sœur un long moment. Le hic était qu'elle ne semblait pas plaisanter du tout.

— Phoebe, comment pourrions-nous être des sorcières ? lui demanda-t-elle gentiment. Nous ne possédons aucun pouvoir. Du moins, pas à ma connaissance.

— Nous sommes ses prochaines victimes. Il va falloir que l'on s'y prépare.

Piper frissonna de nouveau, mais plus violemment. Dire que ce tueur rôdait dans les environs ! Il fallait qu'elle chasse cette idée de sa tête, qu'elle se concentre sur l'entretien important de cet après-midi. Elles n'étaient pas des sorcières.

— Phoebe, écoute-moi. Nous ne sommes pas des sorcières, tu m'entends bien ? Ce n'est pas parce que Prue chante parfois des comptines dans lesquelles il est question de sorcières, que nous en faisons partie. Nous ne possédons aucun pouvoir spécial. De plus, Grams n'était pas une sorcière, et autant que je sache, maman non plus.

Phoebe ouvrit la bouche pour protester. Piper lui appliqua la main dessus pour l'en empêcher.

— Laisse-moi finir. De plus, nous ne portons pas de tatouage avec ce symbole bizarre, et nous n'avons aucune raison de nous le faire poser. (Elle ne lâchait pas sa sœur des yeux.) Phoebe, tu me suis ?

Elle fit oui d'un signe de la tête, la main de sa sœur toujours plaquée sur sa bouche.

— Donc, personne ne va s'attaquer à nous, conclut Piper.

Elle retira sa main.

Phoebe se passa la langue sur les lèvres.

— Prue ne me croit pas non plus, déclara-t-elle en secouant la tête.

— Au fait, où est-elle ? s'enquit Piper.

— Elle est partie bosser de bonne heure.

Au même instant, le regard de Phoebe fut attiré par une voiture s'arrêtant devant la maison : une Mustang rouge décapotable rutilante.

— Ouaouhh ! Sacrée bagnole, commenta Phoebe, le souffle coupé.

— C'est Jeremy, dit Piper. Tu vas enfin faire sa connaissance !

Elle sourit en voyant son petit ami, vêtu d'une chemise bleu clair et d'une veste kaki impeccablement coupée. Il était vraiment mignon : grand, mince, élégant. Piper sentit de nouveau un frisson lui parcourir le dos, mais de plaisir, cette fois.

Arrivé au pied des marches, Jeremy se pencha.

— Chef Halliwell, dit-il en embrassant la main de Piper.

Piper pouffa de rire.

— Jeremy, je te présente Phoebe, ma petite sœur.

Il prit la main de Phoebe et l'effleura des lèvres.

— Quel honneur de rencontrer la dernière sœur Halliwell. Et... aussi belle que les autres.

— Eh ben, dis donc ! Il est direct, dit Phoebe en souriant à sa sœur. Exactement comme tu me l'avais décrit.

Piper lui donna un coup de coude dans les côtes.

— Dis-moi, tu t'es levé de bonne heure ?

— En fait, comme c'est aujourd'hui que tu passes ton test, j'ai pensé t'emmener quelque part pour prendre un petit déjeuner. Après, je t'invite au restaurant. Et pour finir, on pourrait sortir pour fêter ton nouveau job.

Piper sauta de joie et l'embrassa.

— Tu es adorable. Je prends mes affaires, et j'arrive.

Piper se précipita dans la maison, prit son attirail de chef ainsi qu'un sac rempli de divers ingrédients. Lorsqu'elle ressortit sur le perron, elle retrouva Phoebe et Jeremy en train de parler de la pluie et du beau temps.

— Je suis prête. (Piper descendit les marches et lança à Phoebe :) Passe une bonne journée. Ou du moins, essaie...

Phoebe lui saisit le bras.

— Attends, Piper. Il faut que je te parle. Nous sommes réellement en danger ! Il faut que nous développions nos pouvoirs !

— Phoebe, s'il te plaît, arrête ce cirque. Nous n'avons aucun pouvoir, compris ?

Jeremy prit Piper par les épaules et la regarda droit dans les yeux.

— Mais si, tu possèdes un pouvoir très particulier. J'en suis certain.

— Pardon, dit Piper. De quoi parles-tu ?

— Tu m'as envoûté.

Jeremy lui adressa l'un de ces sourires charmeurs dont il avait le secret.

Piper l'embrassa. La blague était stupide, mais ça n'avait aucune importance. Jeremy prit ses affaires, et ils se dirigèrent vers la voiture.

— Bonne chance, lança Phoebe sur un ton monocorde.

Piper lui fit un signe de la main et Phoebe, tournant les talons, rentra dans la maison.

Jeremy ouvrit la portière du passager, déposa les affaires de Piper sur le siège arrière, et mit le contact.

— De quoi était-il question ? demanda-t-il. Qu'est-ce que c'est que cette histoire de pouvoirs ?

Exaspérée, Piper se contenta de secouer la tête. Que pouvait-elle faire pour Phoebe, si ce n'est espérer que celle-ci se débarrasse au plus vite de sa phobie de sorcellerie.

— Si je te le disais, tu ne me croirais pas.

CHAPITRE 7

Prue, assise à son bureau, griffonnait en rêvassant sur un bloc-notes. Elle ne pouvait s'empêcher de penser à sa rencontre avec Andy. Une coïncidence tombée au bon moment : cela lui semblait magique.

Mais elle décida de chasser immédiatement le terme de magique de ses pensées. Elle ne voulait surtout pas se mettre à adopter le même type de vocabulaire que Phoebe.

En fait, Prue refusait toute sortie depuis sa rupture avec Roger. Plusieurs hommes lui avaient pourtant proposé un dîner en tête-à-tête, mais elle avait toujours déclinée l'invitation, sentant qu'elle avait besoin de temps pour oublier Roger, et pour réapprendre la confiance en quelqu'un d'autre.

Elle en était arrivée au point de penser qu'elle ne pourrait plus jamais avoir suffisamment confiance en un homme pour pouvoir l'aimer.

Et puis pourquoi accorderait-elle spécialement sa confiance à Andy ? Pourquoi serait-il différent des autres ? Après tout, il avait bel et bien brisé leur liaison en refusant qu'ils s'éloignent l'un de l'autre. Peut-être n'était-ce qu'une excuse : l'intensité de leur relation lui avait fait peut-être tout simplement peur.

Pourtant, Prue ne pouvait s'empêcher de penser aux bons moments qu'ils avaient partagés, aux heures passées dans les bras l'un de l'autre. Et c'était vraiment très agréable.

Elle revint à la réalité lorsque l'on frappa à la porte. Levant les yeux, elle vit Roger sur le seuil. Prue devait reconnaître que Roger, âgé de trente ans était très séduisant, mais elle ne se sentait plus du tout attirée par lui. Grand, blond, élégant, il n'avait que des costumes de marque. Prue lui avait toujours reproché de porter ses pantalons un peu trop haut. Ses lunettes cerclées d'or, bien dessinées, et haut perchées sur son nez, lui allaient bien, mais Prue ne pouvait s'empêcher de penser qu'elles n'étaient pas vraiment faites pour lui.

— Prue, comment ça se passe avec la collection Beals ? interrogea-t-il. Rien de nouveau ?

— Si. Les objets doivent arriver vers quatorze heures. J'irai superviser le déballage en début d'après-midi. Je ferai moi-même l'inventaire pour être sûre qu'il ne manque rien, et que tout est en bon état.

— Bien. Tu devrais prendre une pause un peu plus longue que d'habitude à l'heure du déjeuner, lui suggéra Roger. Je sais que tu travailles énormément. Ça ne te fera pas de mal.

— Merci, Roger. Elle était quand même contente qu'il l'ait remarqué. Roger semblait mal à l'aise.

— Bon, il faut que j'aille au conseil d'administration.

Prue se leva. Elle avait l'habitude de l'y accompagner.

— Je suis prête, je prends juste mon sac à main.

Roger l'arrêta immédiatement d'un geste de la main.

— Ça ne sera pas nécessaire. Aujourd'hui, je dois m'y rendre seul.

— Pourquoi ? demanda Prue surprise. J'y vais toujours avec toi.

— Ben... c'est eux qui l'ont demandé. (Roger arborait un sourire gêné comme s'il lui cachait quelque chose.) En fait, je ne sais pas pourquoi. Peut-être ai-je commis un impair, et qu'ils veulent m'en parler en privé.

Prue se rassit, le regardant d'un air soupçonneux. Lui, faire une erreur ? Roger se montrait si imbu de lui-même qu'il était incapable d'imaginer que quiconque puisse le prendre en faute.

— Je voulais juste te dire que je ne serai de retour au bureau que dans l'après-midi. Je te ferai le commentaire de la réunion à quinze heures. D'accord ?

Il sourit tout en jouant avec son stylo Mont-Blanc, un cadeau de Prue lorsqu'il avait obtenu sa maîtrise. Roger avait surtout apprécié la cherté de l'objet. Il ne ratait jamais une occasion de l'exhiber, que ce soit pour signer une carte de crédit ou au cours d'une réunion. C'était l'une des façons d'afficher sa position sociale, et par voie de conséquence, cela irritait

Prue, qui regrettait amèrement de lui avoir offert ce fichu stylo.

— Très bien, Roger, conclut-elle. A plus.

Roger lui fit un salut d'un signe de la tête, et repartit dans le couloir en sifflotant.

Il lui mentait, Prue en était certaine. Il ne s'était jamais rendu à une seule réunion du conseil d'administration sans elle. S'il devait se faire remonter les bretelles, elle aurait bien aimé en être le témoin, le voir descendre de son piédestal.

Pour quelle raison s'y rendait-il seul ? Roger n'aurait jamais admis qu'on puisse l'accuser d'un quelconque défaut : voilà pourquoi Prue pensait que son excuse était bidon.

Elle prit son stylo-bille ordinaire et dessina des ronds sur son bloc-notes. Que pouvait-elle y faire ? Roger était son patron. Elle ne pouvait pas l'obliger à l'emmener à la réunion.

En plus, il fallait qu'elle travaille sur la collection Beals, de magnifiques objets asiatiques, jamais exposés auparavant ; un vrai trésor. C'était un projet à elle, et pour l'instant tout se passait merveilleusement bien. La faire découvrir au public marquerait une date historique pour le musée. Prue sentait qu'elle allait obtenir une promotion à la suite de cette réunion.

Peut-être même serait-elle nommée à un poste supérieur à celui de Roger. Ça serait le bouquet !

Une tasse de café à la main, Prue franchit l'entrée principale du musée, traversa le hall de marbre, pour enfin rejoindre les bureaux. Elle venait juste de terminer de déjeuner et se préparait à passer l'après-midi à cataloguer.

Devant son bureau, des employés du musée déballaient d'énormes caisses en bois remplies d'objets anciens venus d'Asie. Roger, un bloc-notes à la main, avait commencé l'inventaire.

Qu'est-ce qu'il faisait là ? s'interrogeait-elle tout en regardant un vase antique posé sur la moquette. Ces objets faisant partie de son projet, elle était supposée en faire l'inventaire elle-même. Et Roger le savait parfaitement.

— Qu'est-ce qui se passe ?

Roger la regarda en dirigeant son Mont-Blanc vers elle.

— Il y a eu des changements en ce qui concerne l'organisation de l'expo Beals.

Il n'avait pas intérêt à pointer une fois de plus son Mont-Blanc dans sa direction, sinon elle allait vraiment s'énerver.

— L'argent que tu nous as aidés à trouver auprès de généreux donateurs privés a changé un certain nombre de choses par rapport au projet initial. La collection Beals va donc devenir une de nos collections permanentes.

— Mais c'est super !

Prue se sentit soulagée, car elle avait craint un instant que le projet n'eût été refusé.

— C'est pour cette raison que le conseil d'administration préfère quelqu'un de... enfin... de plus qualifié à partir de maintenant pour s'en occuper, continua Roger sans cesser de jouer avec son stylo.

— Pardon ?

Prue ouvrait des yeux arrondis par la surprise. C'était elle la spécialiste des objets Beals, et cela faisait des mois qu'elle travaillait d'arrache-pied à ce projet.

— Tu sembles étonnée ? lâcha Roger.

— Etonnée ? (Prue claqua des doigts pour essayer de garder son calme.) Je suis folle furieuse ! C'est moi qui ai repéré ces objets, c'est moi qui ai convaincu la famille Beals de nous les prêter, c'est moi qui ai trouvé l'argent pour monter l'expo ! Et là, vlan, on me met sur la touche !

Roger fixait le sol tout en glissant son stylo dans la poche de sa chemise. Prue bouillait de colère. C'était donc pour cette raison qu'il ne voulait pas qu'elle l'accompagne au conseil d'administration ! Il avait compris qu'il s'agissait d'un projet exceptionnel, et convaincu les membres du conseil de s'en occuper lui-même. Il lui avait carrément piqué son idée !

— Et, bien sûr, c'est toi la personne plus *qualifiée* ? Hein, Roger, c'est bien ça ?

Roger se redressa pour essayer de l'intimider.

— Ça m'était très difficile de refuser aux membres du conseil. Tu peux le comprendre, n'est-ce pas ? Mais je sais que tu es heureuse pour moi. Après tout, ce qui est bon pour moi l'est également pour toi.

Prue était fascinée par le stylo qui dépassait de la poche de sa chemise. Cet objet symbolisait sa suffisance, son hypocrisie, ainsi que tous les coups fourrés qu'il lui avait faits. Elle ne pouvait plus supporter ce stylo.

— On est bien d'accord, mademoiselle Halliwell ? ajouta Roger.

— *Mademoiselle Halliwell* ? Depuis quand on ne s'appelle plus par nos prénoms ? Depuis que tu as décidé de t'approprier mon projet ? Depuis que je t'ai rendu ma bague de fiançailles ? Hein, Roger ? Réponds.

Roger sourit d'un air satisfait.

— C'est à toi de choisir. Il va bien falloir que tu comprennes que la qualité de ton travail n'est pas primordiale. Sais-tu vraiment pourquoi le patron t'a embauchée ?

— Pourquoi ?

— Parce que le jour où tu as eu un entretien avec lui, tu portais une jupe plus que courte, et tu lui roulais des yeux de biche. (Roger éclata de rire.) Et je suis sûr que c'est vrai.

Prue plissa les yeux. Une vague de colère comme elle n'en avait jamais ressenti la submergeait. Elle n'arrivait pas à croire qu'il ait eu le culot de lui balancer ça. Et dire que, quelques mois auparavant, elle le voyait autrement : elle n'aurait jamais imaginé une seule seconde qu'il puisse n'être qu'un lèche-bottes !

Elle fit demi-tour en direction de son bureau.

— Prue... attends.

— Quoi encore ?

— Je pense que l'on devrait se parler – on ne va

quand même pas faire appel à un avocat, lança-t-il sur le ton de la plaisanterie.

Prue ne la trouva absolument pas drôle. Elle s'arrêta devant la porte de son bureau pour le regarder, prête à exploser, lorsqu'elle remarqua une tache bleue sur la chemise blanche qui avait dû coûter une fortune. Une tache bleue qui s'élargissait. De l'encre ! De l'encre fuyait de son précieux stylo ! Elle sourit avec une pointe d'ironie.

Roger le remarqua, baissa les yeux.

— Merde !

Il arracha le stylo de sa pochette, le regarda en louchant pour essayer de trouver d'où venait la fuite. Le stylo se brisa en deux, l'arrosant d'encre.

Il se mit à hurler en recrachant le liquide qui lui était entré dans la bouche. Son visage, ses cheveux, ses vêtements en étaient maculés.

Prue éclata de rire. Roger lui lança un regard glacial avant de traverser le hall à toute vitesse pour retourner dans son bureau.

Prue pénétra dans le sien et referma la porte.

— Garde ton calme, se dit-elle en essayant de reprendre son souffle. Elle s'écroula dans son fauteuil pour se détendre. L'idée que Roger avait repris son projet à son compte la sidérait.

Avec de tels procédés, comment s'étonner qu'il ait gravi si vite les échelons de la hiérarchie. Mais elle n'allait pas si facilement se laisser faire. Elle se battrait. Il fallait qu'elle reprenne les rênes de l'exposition Beals, qu'on reconnaisse enfin la qualité de son travail.

Prue se concentra quelques minutes encore pour se préparer à la confrontation qui était devenue inévitable. Puis, elle prit son sac à main, se leva, sortit de son bureau, et traversa le hall.

Elle passa devant la pièce de la secrétaire de Roger, qui par chance, était absente ce jour-là, et poussa la porte de son bureau.

Assis dans son fauteuil, il regardait par la fenêtre tout en téléphonant. Il avait déjà changé de chemise et de cravate.

C'était tout Roger. Il apportait même des affaires de rechange au travail : incroyable comme ce type cherchait toujours à soigner son image.

Il était tellement absorbé par sa conversation qu'il ne l'entendit pas entrer.

— En fait, c'est moi qui ai eu l'idée de démarcher des donateurs privés.

Prue, ébahie, n'en croyait pas ses oreilles.

Elle comprit qu'il devait être en discussion avec l'un des membres du conseil d'administration.

— De plus, ajouta-t-il, non seulement je suis à l'origine du projet, mais nous savons tous les deux que j'ai suivi l'organisation de cette exposition du début à la fin.

A ce moment-là, Roger fit demi-tour dans son fauteuil, et levant les yeux, il découvrit... Prue, les mains sur les hanches, le fusillant du regard. Le visage de Roger changea instantanément d'expression : son attitude de suffisance, fit place à un air embarrassé.

— Prue ! bégayait-il.

C'est bon, se dit-elle. *Plus question de travailler avec quelqu'un qui me traite de cette manière.*

— Je démissionne, lâcha-t-elle.

Roger reprit une voix calme pour s'adresser à son interlocuteur.

— Excusez-moi, je vous rappelle dans cinq minutes. (Puis il raccrocha.) Prue, réfléchis à ce que tu fais.

— Un boulot minable, un salaire minable, un patron minable. Quelle conclusion dois-je en tirer ?

— Pense à ton avenir. Si tu pars sans préavis, tu n'auras aucune indemnité...

— Roger, pas de menace, siffla Prue en pinçant les lèvres.

Roger haussa les épaules.

— Tu me connais. Il fallait que j'essaie. (Il se leva et s'approcha d'elle s'asseyant sur le bord de son bureau.) Ecoute-moi, poursuivit-il en essayant de se montrer persuasif. Tu es blessée, en colère, tu es atteinte dans ta fierté. Je comprends très bien. Tout cela fausse ton jugement. Tu n'arrives pas à comprendre que je te fais une faveur.

— Une *faveur* ? Tu me prends pour une demeurée ?

— Il fallait que je te retire cette exposition. Si je ne l'avais pas fait, le conseil d'administration aurait mandaté quelqu'un de l'extérieur. (Il se pencha vers elle avec un gentil sourire.) Réfléchis bien à ça, Prue. Je cherche à te protéger, je ne veux pas avoir affaire à un étranger. Tu devrais me remercier, plutôt que de me laisser tomber.

Le remercier ! Il était vraiment capable d'inventer n'importe quoi ! Prue n'arrivait pas à croire qu'elle ait pu envisager d'épouser un tel individu. Roger n'était qu'un type sournois, menteur, et prétentieux.

— T'en fais pas, Roger. Tu n'as pas besoin de moi. Je suis certaine que ton esprit affûté saura très bien utiliser à son profit les soixante-quinze disquettes et les milliers de pages de recherches que je laisse dans mon bureau.

— Tu vas le regretter, la menaça-t-il du doigt.

— Ah ça, certainement pas ! Je pensais déjà que notre rupture était la meilleure chose qui me soit arrivée dans la vie, mais là, j'ai droit en plus à la cerise sur le gâteau.

Effondré, il la regardait, la bouche grande ouverte.

— Adieu Roger, dit-elle d'un ton enjoué.

Puis elle tourna les talons et sortit de son bureau, un grand sourire aux lèvres.

— J'espère que tu n'embarques rien qui appartienne au musée, lui lança-t-il.

Prue s'arrêta net. Il ne changerait jamais. Il fallait toujours qu'il ait le dernier mot. Elle éprouva alors la violente envie de lui tordre le cou ! Elle serra les mains sur un cou imaginaire en poursuivant sa marche dans le couloir.

— Au secours ! hurla Roger qui n'était pas sorti de son bureau.

Qu'est-ce qu'il inventait encore ?

— Au secours ! A l'aide ! hurlait-il de plus en plus fort.

Prue fit demi-tour, et demeura stupéfaite en le

découvrant allongé par terre juste devant son bureau, tirant sur son nœud de cravate pour tenter de reprendre sa respiration. Son visage était rouge et enflé, sa cravate entortillée autour de son cou formait un nœud coulant.

— Aarrgghh... croassait Roger.

Oh mon Dieu ! Il suffoquait.

CHAPITRE 8

— Prue... aide-moi, balbutiait-il.

Tétanisée, elle le regardait se débattre avec le nœud. La cravate semblait provoquer à elle seule l'étranglement !

Reprenant ses esprits, elle se précipita près de lui et se mit à genoux pour dénouer la cravate. Mais elle était tellement serrée qu'elle ne put y arriver.

— Je ne ne peux pas la défaire ! hurla-t-elle. Plus elle tirait sur le nœud, plus celui-ci se resserrait sur la pomme d'Adam de Roger, dont les yeux larmoyaient, tandis qu'il se tenait le cou, essayant désespérément de reprendre son souffle.

Une nouvelle tentative se révéla vaine. Que pouvait-il bien se passer ? A quoi était dû ce phénomène ?

— Prue... râlait Roger en lui tenant le bras, ses yeux paraissant sortir de leurs orbites.

Horrifiée, Prue comprit enfin qu'il ne pouvait plus respirer, qu'il était sur le point de mourir.

— Tiens bon Roger, le rassura-t-elle.

Elle se précipita vers son bureau, ouvrit un tiroir au hasard dans lequel elle trouva une paire de ciseaux. Quand elle revint auprès de lui, son visage était devenu cramoisi. Prue lui souleva la tête et les épaules pour qu'il puisse prendre une goulée d'air. Puis elle tira sur le nœud de la cravate qu'elle coupa net. La tête de Roger retomba sur le sol dans un bruit sourd.

— Ah ! Prue, murmura-t-il, le souffle rauque. Merci.

Il lui fit un sourire crispé.

— Ça va mieux ?

— Oui. (Son sourire s'élargit.) Tu es revenue. Je savais que tu voulais toujours de moi.

Prue laissa tomber la paire de ciseaux sur le sol – juste à côté de la tête de Roger. Quel abruti ! Il avait probablement imaginé toute cette mise en scène pour qu'elle revienne sur sa décision.

— Tu n'es qu'un pauvre type ! cracha-t-elle en se relevant pour s'en aller. Je ne veux pas de toi. Et je maintiens ma démission.

La toque blanche plantée sur sa tête gênait Piper. Elle l'enleva, tandis qu'elle terminait une sauce pour un rôti de porc.

Le soleil dardait ses rayons dans l'impeccable cuisine en acier inoxydable de chez *Quake*, se réfléchissant sur les marmites et les casseroles suspendues au-dessus des fourneaux. La veste blanche de Piper brillait elle aussi dans la lumière de l'après-midi.

Elle travaillait vite et avec précision, tout en prenant bien soin de soigner chaque détail. Le chef Moore lui avait donné une heure pour préparer le plat qui lui servait d'examen, et cette heure était bientôt écoulée.

Tout semblait bien se passer. Avec une cuillère, elle goûta un peu de la sauce rouge qu'elle avait préparée dans une cassolette. « Mmmm... » La sauce pour les pâtes était presque prête ; le moment idéal pour ajouter un peu de porto approchait.

Elle ouvrit la bouteille que Jeremy lui avait offerte – la touche finale pour la sauce des pâtes. Elle huma la bouteille. Délicieux ! Ce complément en ferait une sauce exceptionnelle !

Piper versa un quart de tasse de porto. Elle allait l'ajouter dans la sauce lorsque Sheridan Moore entra.

— Le temps imparti est écoulé ! annonça-t-il avec un accent français, en tapant dans ses mains.

Sheridan Moore, le chef cuisinier, était maigre, brun, et paraissait étonnamment jeune pour un poste aussi important. Piper se sentait un peu intimidée par ses manières européennes, mais c'était un chef remarquable, et elle souhaitait de toutes ses forces travailler dans sa cuisine.

— Je suis prêt à goûter votre plat, lui déclara-t-il.

Non ! Non, pas tout de suite ! se dit Piper en saisissant la mesure de porto. Elle n'avait pas eu le temps de la rajouter à la sauce, et sans cet élément essentiel, celle-ci ne serait pas parfaite. Comment faire ?

— Chef Moore, avança Piper. Heu... Je...

Le chef ignora son intervention, les yeux fixés sur une fiche.

— Voyons : un rôti de porc accompagné d'un

gratin de fenouil avec une sauce à base de rognons et de porto.

Piper tentait désespérément d'ajouter le porto, mais le chef se trouvait debout entre elle et le plat de pâtes, l'empêchant de l'atteindre.

— Chef Moore, je...

Avant qu'elle ait eu le temps de finir sa phrase, le chef attrapa une fourchette et la fit tourner au-dessus des pâtes.

— Il faut que je vous dise quelque chose, dit Piper.

Il s'arrêta, se contentant de piquer quelques pâtes.

— Qu'est-ce qui se passe ?

— Le porto... dit-elle.

— Ah oui, le porto ! acquiesça-t-il. Sans ça, la sauce n'est rien de plus qu'une marinade un peu salée. Une recette que l'on trouve dans n'importe quel magazine féminin. Pouah !

— Je n'ai pas eu le temps, insista Piper.

— Ah, ah !

Le chef la coupa d'un simple geste de la main, et plongeant les pâtes dans la sauce, il porta la fourchette à sa bouche, prêt à goûter le plat non terminé.

Piper était hors d'elle.

— Mais, mais...

Elle ne pouvait le laisser manger ça. Comment obtiendrait-elle ce job si jamais il goûtait la sauce en l'état ?

— Non ! Attendez ! gémit-elle avec de grands signes des mains. Ne goutez pas ça. Je vous en supplie ! Je vous en supplie !

Le chef Moore s'arrêta, comme figé sur place, la

fourchette à quelques centimètres de sa bouche ouverte.

— Merci beaucoup, dit Piper, reconnaissante. Je vous demande juste deux petites secondes... Le chef n'avait pas bougé d'un pouce, la fourchette au bord des lèvres. Personne n'avait signalé à Piper qu'il avait le sens de l'humour. Elle en riait intérieurement.

— Chef Moore ? l'encouragea-t-elle, lui donnant une petite tape sur l'épaule.

Il ne bougea pas d'un pouce. Qu'est-ce qu'il fabriquait ? Elle agita la main devant ses yeux, ne provoquant toujours aucune réaction. Ses paupières ne clignaient même pas.

— Oh, oh ! continuait Piper en agitant de nouveau sa main. *Oh... oh !* insista-t-elle un peu plus fort.

Le regard de Piper se reporta sur le fourneau où une casserole d'eau qui devait bouillir ne faisait plus de bulles. Elle ne comprenait rien à ce qui se passait. Les battements de son cœur redoublèrent quand elle se rendit compte que la petite aiguille de la pendule n'avançait plus. Elle colla une oreille contre la porte du réfrigérateur : il ne marchait plus ! Tout autour d'elle, le temps semblait s'être arrêté, immobilisant chaque chose, sauf elle !

Horrifiée, elle regarda Sheridan Moore, statufié. Etait-elle responsable de cette situation ? Phoebe aurait-elle raison ? Serait-elle... vraiment... une sorcière ?

CHAPITRE 9

— J'ai… arrêté le temps, murmura Piper, incrédule. Enfin, je crois… Devant elle, le chef, comme frappé de paralysie était toujours penché sur son plat de pâtes.

Sans même réfléchir, elle saisit une saucière et la remplit de porto. Elle en arrosa légèrement les pâtes et en mit quelques gouttes sur la fourchette que tenait Sheridan Moore.

Celui-ci cligna soudainement les yeux et enfourna les pâtes dans sa bouche.

Piper, stupéfaite, jeta un coup d'œil sur le fourneau et vit que l'eau bouillait de nouveau. La pendule était repartie et le frigo ronronnait paisiblement.

— *C'est magnifique*[1] ! déclara le chef en dégustant les pâtes. C'est tout simplement fabuleux ! (Il donna une franche poignée de main à Piper.) Bienvenue à bord – vous avez le poste. Que dire de plus ? Vous pouvez commencer ce soir ?

Piper rayonnait. Elle avait réussi !

— Bien sûr, ce soir, aucun problème.

1. En français dans le texte. *(N.d.T.)*

— Parfait. Rendez-vous à dix-sept heures. Moore reprit une autre cuillerée de pâtes et sortit de la cuisine. Piper retira lentement sa toque en tremblant. Elle était ravie d'avoir obtenu ce job, mais que s'était-il passé ? Comment avait-elle pu faire pour arrêter le temps ?

Phoebe devait avoir un avis là-dessus. Il fallait qu'elle lui téléphone. Immédiatement !

Phoebe sortait de la maison lorsque le téléphone sonna. Elle lança un regard irrité derrière elle. Ayant d'autres soucis, elle décida de l'ignorer.

Elle descendit les marches du perron et retira l'antivol de son vélo. Puis, elle prit la direction de Haight Ashbury, un quartier voisin où elle savait qu'il existait une librairie spécialisée dans le culte de Wicca et la sorcellerie en général.

Elle n'arrivait pas à se débarrasser de la vision qu'elle avait eue de Melinda Warren. « Les sorciers du mal veulent vous voler vos pouvoirs. Les sorciers vont venir », lui avait appris Melinda, mais elle n'avait pas ajouté grand-chose de plus, omettant même de lui expliquer comment une sorcière pouvait lutter contre un sorcier. Et surtout, comment le reconnaître ? Phoebe n'en avait aucune idée. Elle n'allait quand même pas attendre qu'il lui plante un couteau dans le ventre pour le savoir.

Elle sillonnait les collines du quartier, éclairées par le soleil. Arrivée sur le Haight, elle s'arrêta devant la librairie *Enchanted*.

Phoebe décida que la boutique pouvait aussi bien

représenter un lieu consacré à Wicca qu'une simple lingerie. Mais les immenses tentures de velours drapant la devanture lui faisaient forcément penser à un magasin spécialisé dans la magie.

Phoebe attacha son vélo à un poteau et pénétra dans la boutique.

Dès qu'elle en franchit le seuil, elle fut prise à la gorge par une violente odeur de patchouli. Il y faisait très sombre. Une pub au néon informait la clientèle qu'il était possible de se faire tirer les tarots à l'arrière de la boutique. Une jeune femme, aux ongles vernis de noir, portant une longue robe également noire très serrée, était penchée sur le comptoir sur lequel s'entassaient des petits pots dorés ainsi que de vieux objets étranges. Derrière elle, se trouvaient des dizaines de bocaux alignés, remplis d'herbes de toutes sortes.

La femme sourit à Phoebe.

— Sois bénie.

— Pardon ? répondit Phoebe.

— Je veux ton bien, continua la femme. (Elle dévisagea Phoebe des pieds à la tête.) Tu ne connais pas Wicca. Tu as le droit de poser toutes les questions que tu souhaites.

— Euh... ben, c'est gentil.

Phoebe se sentait un peu dépassée par la situation. Elle remarqua un homme barbu portant un T-shirt trois fois trop petit pour lui, penché sur un présentoir à couteaux. Qu'est-ce qu'elle fichait dans un endroit pareil ? Elle ne savait pas quoi dire. Elle s'imaginait mal en train de demander : « S'il vous plaît, quelle est la différence entre un sorcier et une sorcière ? Et comment est-ce qu'on tue un sorcier ? » Non, ce n'était pas possible. Secouant la tête, Phoebe décida qu'elle allait se débrouiller toute seule.

Elle commença par traîner dans les allées du magasin, au milieu de formules magiques, de bougies de fertilité, de carillons, et de cartes postales sur lesquelles on pouvait lire : « Tous mes amis me traitent de sorcière. »

— Sois bénie, marmonna Phoebe.

Puis elle ouvrit un exemplaire d'un ouvrage intitulé *Le Wicca pour débutants*. On flairait le piège à touristes.

Phoebe se dit qu'elle ne trouverait rien d'intéressant dans cet endroit, lorsque sur le dernier rayon, tout au fond de la boutique, elle dénicha quelques étagères remplies d'ouvrages consacrés à la sorcellerie.

Elle jeta un rapide regard sur la tranche des livres, avant de choisir le plus épais, au titre prometteur : *Sorciers et Sorcières – la guerre sans fin*. Phoebe s'appuya contre un mur pour le feuilleter au hasard, jusqu'à ce qu'elle découvre un passage intéressant :

Le conflit entre les sectes remonte à la nuit des temps. Il est directement lié à la différence fondamentale qui existe entre les sorciers et les sorcières. A l'origine, les sorciers se situaient sur le même plan que les sorcières. Leur complexe d'infériorité vient de là. Ils étaient les mauvaises graines du monde de Wicca.

Tandis que « les sorcières étaient censées faire le mal », les sorciers ont pris la décision de torturer des innocents. Une autre quête consiste pour eux à tuer les sorcières et à leur dérober leurs pouvoirs. Les sorciers sont également connus pour passer des pactes avec les démons afin de servir leur cause.

Tout cela dans le seul but d'améliorer leurs pouvoirs démoniaques.

Le cœur de Phoebe se mit à battre la chamade. Ce livre la fascinait. Après ce qu'elle avait vécu la nuit précédente, elle ne pouvait que croire ce qu'elle venait de lire. Elle comprenait que ce monde souterrain existait depuis des siècles, et qu'il était naturel que les gens d'aujourd'hui n'aient pas conscience de son existence.

Elle continua sa lecture :

Les sorciers sont devenus de plus en plus puissants au fur et à mesure des générations.

Bon, d'accord. Mais comment faire pour le reconnaître si jamais elle en croisait un. Elle continua à piocher dans le livre :

Les sorciers ont généralement une forme humaine. Cependant, ils peuvent prendre l'aspect d'un monstre. Malheureusement, il se révèle difficile de reconnaître les sorciers tant qu'ils n'ont pas décidé d'utiliser leurs pouvoirs démoniaques.

Phoebe referma le livre et se dirigea vers la caisse : c'était son jour de chance. Hier encore, elle n'aurait jamais cru à toutes ces histoires, et voilà qu'aujourd'hui, elle savait qu'elle devait se méfier de tous les étrangers qu'elle croiserait. Et même de ses amis.

N'importe qui pouvait être un sorcier. *N'importe qui.*

Elle ne quittait pas des yeux le dos d'un homme qui faisait la queue devant elle pour payer une boîte de bougies. D'après ce qu'elle avait compris, il pouvait donc être un sorcier, se disait-elle nerveusement. Ainsi que l'adolescent qui sortait du fond de la boutique en se mettant les doigts dans le nez. Tout comme cet homme élégant à la mâchoire carrée qui entrait dans la boutique. Par contre, lui, elle le connaissait. C'était Andy Trudeau, l'ancien petit ami de Prue !

Phoebe quitta la file d'attente aussi discrètement que possible. Elle alla reposer le livre sur l'étagère et se dissimula tandis qu'Andy, derrière un grand présentoir de casquettes en velours, feuilletait les livres qui lui tombaient sous la main.

Qu'est-ce qu'il pouvait bien faire ici ? Il était peut-être flic ou détective privé.

Elle ne voulait pas qu'Andy s'aperçoive de sa présence, et n'avait aucune envie de lui parler. Il n'était pas interdit d'entrer dans une boutique de Wicca, mais Phoebe ne tenait pas à ce qu'il lui pose des questions. Et puis, elle avait déjà eu assez d'ennuis avec Prue et ses anciens petits amis.

Andy se déplaçait entre les étagères encombrées de livres. Phoebe se dirigea dans une autre allée pour se glisser derrière un présentoir de couteaux de cérémonie.

Trop tard ! Andy l'avait repérée et lui souriait. Et voilà qu'il venait vers elle !

— Phoebe Halliwell ? C'est bien toi ? C'est tellement étonnant de te rencontrer ici.

Phoebe arbora un air surpris, mais heureux.

— Andy, ça alors ! Salut. Ça fait un moment qu'on ne s'est vus !

— Je sais. Mais qu'est-ce que tu fais ici ? Je ne savais pas que tu t'intéressais à Wicca.

Phoebe évita son regard.

— Moi ? Pas du tout. C'est pas mon truc. En fait, je cherche un bouquin d'astrologie. C'est bête, mais j'aime bien lire mon horoscope de temps en temps.

— Elle s'arrêta et, cette fois, le fixa droit dans les yeux.

— Et toi ? Qu'est-ce que tu fais ici ?

— Je suis sur une affaire. J'enquête sur une série de meurtres.

— Des meurtres ? Des gens ont été tués dans ce magasin ? lui demanda Phoebe d'un air naïf.

Andy lui lança un regard si intense qu'elle se sentit mal à l'aise.

— Non. Six sorcières ont été assassinées. Tu es peut-être au courant de cette affaire ?

Au bord du malaise, Phoebe dansait d'un pied sur l'autre, profondément gênée par l'expression du visage d'Andy.

— Oui, bien sûr. J'ai appris ça aux informations.

Inébranlable, il ne la quittait pas des yeux. Qu'est-ce qu'il lui prenait ? Il la rendait nerveuse. La prenait-il pour une sorcière ?

— Allez, Phoebe. Pourquoi es-tu ici ? l'interrogea-t-il sur un ton très ferme. Tu ne sais pas bien mentir.

— Je viens de te le dire... je...

— Non, la coupa-t-il. Dis-moi la vérité. Tu n'es quand même pas une adepte de Wicca ?

Phoebe regarda Andy d'un air suspicieux : elle ne voulait pas lui répondre. Surtout après ce qu'elle avait lu dans ce livre à propos des sorciers. Si Andy en était un lui-même, la tuerait-il s'il découvrait qu'elle était une sorcière ?

— Je ne fais que te prévenir, continua Andy. C'est pour ton bien. Etre une sorcière est dangereux de nos jours.

Phoebe se mordit les lèvres pour éviter de trembler. Andy ne peut pas savoir que je suis une sorcière, c'est tout simplement impossible. Elle évitait de croiser son regard qui lui pesait.

— Je passais dans le quartier, articula Phoebe, essayant de paraître détendue. Je feuillette des livres, juste histoire de passer le temps…

Elle eut la sensation qu'Andy ne la croyait pas.

Il porta son attention sur la table qui se trouvait devant eux. Deux rangées de couteaux de cérémonie y étaient présentées sur un lit épais de velours rouge.

Andy préleva un couteau en or à la poignée ciselée, et le mit en pleine lumière.

— C'est celui-là, dit-il doucement, portant alternativement son regard du couteau à Phoebe, de Phoebe au couteau…

— Mais… enfin… de quoi parles-tu ? bégayat-elle. Elle frissonna à la vue du couteau. Melinda Warren possédait exactement le même. Phoebe se rappela très précisément l'image fantomatique de l'ancêtre qu'elle avait vue dans le grenier, et en frémit. C'était le même genre de couteau que les démons utilisaient pour tuer les sorcières. Celui-là même qu'il utiliserait pour la tuer ainsi que ses sœurs, si jamais il apprenait qu'elles étaient des sorcières !

— Vois-tu, Phoebe, le meurtrier utilise un couteau à double lame exactement semblable à celui-ci, expliqua Andy en examinant l'instrument sous toutes les coutures.

La lame brilla dans la lumière. Phoebe se mit à trembler de nouveau. Non parce que Andy le tenait à la main, mais surtout à cause du ton qu'il employait pour en parler. Il s'exprimait d'une voix monocorde, presque comme s'il entrait en transe.

— Le meurtrier traque ses victimes pendant des semaines, parfois pendant des mois, murmura Andy. Il attend le moment idéal, lorsqu'elles se sentent en sécurité, lorsqu'elles sont en train de pratiquer le rituel de Wicca. Et alors, il s'approche derrière elles sans faire de bruit…

Phoebe regardait Andy, qui ne quittait pas le couteau des yeux. Elle avait l'impression qu'il ne s'adressait pas à elle, et semblait complètement ailleurs.

— L'assassin lève le couteau de cette façon au-dessus de sa victime, en tenant la poignée ciselée à deux mains, exactement comme ceci, disait-il en soulevant doucement le couteau.

— Andy… qu'est-ce que tu fabriques ? lui demanda Phoebe, prise de panique.

Il ne répondit pas. Ses yeux brillaient de manière étrange. Phoebe jeta un regard autour d'elle. La boutique semblait s'être brusquement vidée. Même la caissière n'était plus derrière son comptoir. Où étaient-ils donc tous passés ?

Elle se concentra sur les mains d'Andy. Il serrait la poignée du couteau tellement fort que ses articulations étaient devenues toutes blanches.

— Andy ! supplia-t-elle une dernière fois.

Mais Andy ne l'écoutait pas. Il levait le couteau au-dessus de sa tête.

Oh, mon Dieu ! se disait Phoebe, épouvantée, il va me tuer, là, en plein magasin !

CHAPITRE 10

— Andy, non ! hurla Phoebe. Je t'en supplie, ne me tue pas !

La clochette suspendue au-dessus de la porte de la boutique tinta. La caissière habillée de noir rentrait.

Andy lâcha brusquement le couteau qui tomba sur le parquet avec un bruit mat. Phoebe reprit sa respiration.

— Qu'est-ce qui se passe ? demanda la femme en noir. Y a un problème ? Qui a crié ?

La bouche grande ouverte, Andy regardait Phoebe.

— Tout va bien, dit-il pour rassurer la femme. Mon amie a juste eu un petit malaise.

— Ah bon ! Ouf, c'est pas trop grave. (La femme jeta un coup d'œil à sa montre.) J'ai fini ma pause.

Puis elle reprit sa place derrière le comptoir. Andy se retourna vers Phoebe.

— Ça va ?

Phoebe baissa les yeux sur le couteau qui gisait sur le sol. Encore sous le choc, incapable de répondre, elle ne savait même plus exactement ce qui s'était passé.

— Phoebe, je suis désolé. (Andy lui toucha gentiment l'épaule.) Je n'avais aucune intention de te faire peur. Je fais juste une enquête, et c'est vrai que, parfois, je me laisse emporter.

Il se laisse emporter ? C'était tout ce qu'il trouvait à dire ? Elle n'avait même pas la force de s'éloigner d'Andy, mais elle se rappela qu'elle ne devait avoir confiance en personne.

— Cette enquête me paraît tellement bizarre, continua Andy. Et surtout mystérieuse. Alors, j'essaie de me mettre à la place de l'assassin, pour tâcher de comprendre comment il agit. Parce que, quel qu'il soit, ce type est très fort.

Encore sous le choc, Phoebe le laissait parler. C'était peut-être sa façon de travailler : sans doute avait-il besoin de se mettre dans la peau du tueur.

Pourtant, comme il était étonnant de tomber justement sur lui après toutes ces années. Le rencontrer dans cette boutique précisément après avoir lu les prédictions du *Livre des Ombres*, ne revelait sûrement pas de la coïncidence. Surtout que quelques heures auparavant, Melinda Warren l'avait prévenue qu'un homme allait essayer de la tuer, ainsi que ses sœurs, avec un couteau à double lame à la poignée incrustée de pierreries.

Andy se baissa pour ramasser le couteau, et le remit à sa place sur le présentoir en velours. La femme assise au comptoir lui lança un regard sans aménité.

— Faites attention. Ces couteaux valent très cher.

— Je suis désolé. Je voulais juste le regarder.

Phoebe essaya de recouvrer son calme et de raisonner. Andy était flic. Il devait donc savoir quelle arme l'assassin utilisait. Et comme toutes les victimes étaient des sorcières, il paraissait normal qu'il traîne autour des adeptes de Wicca et dans d'autres endroits de ce genre.

— Tout cela est vraiment drôle, tu ne trouves pas ? dit Andy qui semblait à présent sorti de son état de transe.

— Qu'est-ce qu'il y a de drôle ?

— Prue ne t'en a pas parlé ?...

— Parler de quoi ? dit Phoebe, déconcertée.

Andy se frappa le front.

— Mais, bien sûr, Prue n'a pas eu le temps de te raconter que je l'ai rencontrée par hasard ce matin près du musée. Et voilà que je tombe maintenant sur toi ici. C'est quand même curieux, non ?

Phoebe avait enfin réussi à reprendre son souffle.

— En effet, c'est curieux.

Et, elle le pensait vraiment.

— Ouais, dit Andy. J'étais vraiment content de revoir Prue. Je sens que tu vas me voir traîner de nouveau souvent du côté de *Halliwell Manor*, conclut-il.

— Les élues ? Les *Charmed* ?

Prue s'assit à côté de Phoebe au bar de *Quake*. La soirée était déjà bien entamée. Elle regarda sa petite sœur avec un air dubitatif.

— Phoebe, je te l'ai déjà dit ce matin : cette histoire de sorcellerie est insensée.

Prue sourit au barman qui lui apportait son café. Il

servit une rasade de téquila frappée à Phoebe, puis s'en alla vers d'autres clients.

Les deux sœurs venaient soutenir moralement Piper pour sa première soirée dans son nouveau travail. Mais la salle étant pleine à craquer, Piper allait demeurer coincée en cuisine pendant toute la soirée, et elles n'auraient sans doute pas l'occasion de lui souhaiter bonne chance.

— T'es en train de me raconter que ta journée s'est déroulée de manière tout à fait normale ? demanda Phoebe.

Prue secoua la tête.

— Roger m'a piqué un projet. Voilà la chose la plus étrange qui me soit arrivée aujourd'hui. Si on y réfléchit bien, ça n'a donc absolument rien d'extraordinaire.

— Et à aucun moment tu n'as arrêté le temps, ni déplacé quoi que ce soit, ni lu dans l'avenir ?

Prue but son café. Cette conversation lui tapait sur les nerfs. Elle venait juste de démissionner de son boulot, et n'avait aucune envie d'écouter Phoebe divaguer au sujet de ces problèmes de sorcellerie.

— Phoebe, tout cela est parfaitement ridicule. Tu entends bien : nous ne sommes pas des sorcières. Et je ne veux plus jamais en entendre parler.

Phoebe ne touchait pas au verre posé devant elle.

— Prue, il faut que tu m'écoutes. Nous sommes réellement en danger. Tu n'as pas entendu parler de ce tueur qui assassine les sorcières ?

— Si, bien sûr. Mais comme je ne suis pas une sorcière, je ne me sens pas vraiment concernée. Et je n'ai aucune envie de perdre mon temps à me demander si je suis une sorcière ou si je n'en suis pas une.

— Tu le sais parfaitement, insista Phoebe. Mais tu ne veux pas l'accepter. Nous sommes les *Charmed*. Toi, Piper, et moi. Nous sommes ici-bas pour vaincre les forces du mal. Et il faut absolument que nous soyons en pleine possession de nos pouvoirs avant qu'un de ces sorciers nous découvre.

— Un sorcier ? Phoebe, s'il te plaît, lâche-moi les baskets. Je crois que tu as trop vu de films d'horreur. De plus, si j'étais dotée de pouvoirs magiques, je ne me retrouverais pas dans un tel marasme. Tu ne crois pas que je me serais servie de mes pouvoirs pour que tout aille mieux ?

— Tu possèdes un pouvoir. J'en suis certaine. Nous possédons toutes les trois un pouvoir.

— D'accord, Phoebe. Alors, vas-y, montre-moi déjà le tien.

— Là... maintenant, je ne peux pas... je ne l'ai pas encore reçu.

Prue secoua la tête de lassitude.

— Tu es encore plus fêlée qu'avant de partir pour New York. Phoebe, qu'est-ce qui t'arrive ?

Phoebe prit le poignet de Prue.

— Ecoute-moi bien. Je sais que nous allons très vite prendre conscience de nos pouvoirs. *Je le sais*.

— Et comment le sais-tu ?

Phoebe hésita. Elle se retourna pour voir si personne ne les écoutait, puis elle se pencha vers Prue.

— Tu te rappelles lorsque Grams nous parlait de Melinda Warren ?

Prue lui fit un signe de tête affirmatif.

— La première de la famille à avoir émigré en Amérique. C'est bien elle ?

— Je l'ai vue, dit Phoebe en baissant la voix. Je l'ai vue dans le grenier. Je lisais *Le Livre des Ombres* – je sais que ça peut paraître complètement fou –, mais... elle m'est apparue. Je l'ai vue, de mes yeux vue.

— T'as vu un fantôme ? lui demanda Prue pour lui faire plaisir.

Ça dépassait tout ce qu'elle avait entendu – même de la part de Phoebe. Celle-ci acquiesça d'un signe de tête.

— Au début, j'ai été terrifiée. Elle était toute carbonisée, repoussante. Puis elle m'a expliqué que nous étions issues d'une longue lignée de sorcières, et que je venais de réactiver nos pouvoirs. Maman et Grams aussi étaient des sorcières, mais nous, nous sommes les *Charmed*. Les sorcières les plus puissantes de tous les temps !

Prue se leva et repoussa son siège. Elle ne pouvait pas en entendre davantage.

— Phoebe, écoute-moi bien. Je suis là ce soir pour Piper, mais je ne peux pas rester ici une minute de plus.

Phoebe en resta bouche bée.

— Mais...

— Non ! (Prue l'arrêta d'un geste de la main.) Je sais que tu me racontes toutes ces sornettes pour me pousser à bout. Mais, vraiment, je ne suis pas disposée à entendre ça. Et surtout pas aujourd'hui !

— Prue, calme-toi, murmura Phoebe. Je ne tiens

absolument pas à monter un plan en épingle. Je voudrais bien que ce soit le cas. Je t'en supplie, assieds-toi.

Prue hésita. Sa sœur se comportait d'une façon qui ne lui était vraiment pas habituelle. Elle semblait aux abois.

Tout à coup, Prue prit conscience que Phoebe parlait sérieusement. *Si elle est à bout de nerfs, je ne devrais pas la laisser seule*, pensa-t-elle, malgré son envie de partir.

— Tu as le droit de ne pas me croire, dit Phoebe, mais s'il te plaît, pour une fois, fais-moi confiance.

Je me sens incapable de lui accorder une confiance aveugle, pensa Prue en retombant sur son siège. Néanmoins, elle essaya de recouvrer son calme et but une autre tasse de café. Le trouvant trop amer, elle eut envie de lui ajouter un peu de lait ; à l'autre bout du comptoir se trouvait justement un pot en métal argenté.

— Très bien, Phoebe, je reste avec toi. Mais que les choses soient bien claires : je ne possède aucun pouvoir exceptionnel. Si jamais je me rendais compte que j'en avais, tu serais la première à être mise au courant. D'accord ? Et maintenant, passe-moi le lait.

Prue lui montra le pot du doigt et resta interdite lorsqu'elle le vit avancer tout seul, lentement, sur le comptoir en bois du bar, pour s'arrêter juste à côté de sa tasse de café.

Prue n'arrivait pas à détacher ses yeux du pot.

S'était-il réellement déplacé tout seul, ou bien était-ce le fruit de son imagination ?

Elle jeta un coup d'œil à Phoebe qui, elle aussi, bouche bée, fixait le pot à lait. Prue se rendit compte alors que Phoebe avait également vu le déplacement de l'objet : elle ne l'avait donc pas imaginé.

Les battements de son cœur s'accélérèrent. Prue était hypnotisée par le pot. Le niveau du lait baissait comme si quelqu'un le buvait avec une paille invisible. Dans le même temps, son café noir devenait de plus en plus crémeux. Le lait était tellement chaud qu'il bouillonnait dans la tasse.

Secouée de tremblements, Prue se sentait toute retournée. S'il s'agissait d'un tour de magie, il était de première qualité.

Stupéfaite, Phoebe écarquillait les yeux.

— Alors, tu ne possèdes aucun pouvoir exceptionnel ? Ça me paraît évident !

CHAPITRE 11

Abasourdie, Prue regardait fixement sa tasse. Elle envisageait la possibilité qu'elles soient dotées toutes les trois de pouvoirs exceptionnels.

Néanmoins, Prue gardait un reste d'incrédulité. Non. Il ne pouvait s'agir que d'une blague.

— Phoebe, comment as-tu fait ça ?

— Prue, je te le jure, c'est toi qui l'as fait !

Prue se prit la tête dans les mains. Elle avait l'impression de devenir dingue.

— Mais comment ? Comment aurais-je pu faire ça ? Je n'ai rien ressenti. Je n'y étais même pas préparée.

— Je n'en sais strictement rien. Mais c'est bien arrivé, dit Phoebe avec un haussement d'épaules.

Prue se demandait ce que tout cela signifiait. Le film de la journée se mit à défiler dans sa tête : le stylo de Roger qui avait fui lorsqu'elle s'était mise en colère. La cravate qui se resserrait autour de son cou alors qu'elle avait effectivement eu envie de l'étrangler. Et, quelques secondes plus tard, il s'étouffait. Seul un pouvoir surnaturel avait pu provoquer ce phénomène. Cela ne pouvait provenir d'elle.

— Attends... attends... (Prue, tremblante, saisit Phoebe par les épaules.) Tu veux dire que je suis capable de déplacer des objets uniquement par la force de mon esprit ? Une sorte de télékinésie ?

Phoebe acquiesça d'un signe de tête.

— Je n'arrive pas à le croire. Nous sommes... nous sommes vraiment des sorcières ?

— Je sais, c'est dur à admettre. (Phoebe semblait planer.) Je me demande quel est mon pouvoir. J'aimerais bien arrêter le temps. Ça doit être cool, tu ne crois pas ?

Prue eût préféré que Phoebe ne mette jamais les pieds dans ce grenier, et qu'elle ne lise jamais ces incantations. Elle ne put dominer un mouvement d'irritation en se rappelant l'épisode de la planche aux esprits qui avait tout déclenché.

Prue attrapa le verre de téquila que Phoebe tenait à la main, et l'avala cul sec.

— Ça va ? s'enquit Phoebe.

— Non. Ça ne va pas du tout ! Tu m'as transformée en sorcière !

— Ça devait arriver un jour ou l'autre. Tu es née sorcière. Nous sommes toutes les trois nées sorcières. Et je crois qu'il est vraiment temps que l'on apprenne à vivre avec ça.

Prue se sentait déboussolée. Tous ces faits qui paraissaient irréels lui mettaient la tête à l'envers. Son regard errait en direction de la porte d'entrée du restaurant. Elle avait envie de partir en courant, pour ne plus voir Phoebe, oublier qu'elle détenait certains pouvoirs, et qu'elle était – elle aussi – une sorcière.

Elle s'apprêtait à se lever, lorsqu'elle vit Andy entrer dans l'établissement. Prue s'étonna du plaisir qu'elle ressentit en le voyant.

— Salut, Andy, lança Prue, tout émoustillée. Comment savais-tu que j'étais ici ? Vous me suivez, Monsieur l'Inspecteur ? plaisanta-t-elle d'un air goguenard.

Andy lui répondit par un sourire énigmatique.

— Tu sais bien qu'espionner et fouiner partout est ma marotte.

Prue sentit une vague de plaisir l'envahir ; avec elle, il pouvait tout se permettre.

— Bon, en fait, dit Andy, je suis venu pour t'inviter à sortir ce soir.

Estomaquée, Phoebe se racla la gorge, se leva, et défroissa ses vêtements d'un geste brusque.

Prue ne contrôlant pas vraiment la situation, Phoebe lui prit la main pour la diriger vers la sortie.

— Je suis très contente de t'avoir revu, glissa rapidement Phoebe à Andy. Mais il faut qu'on y aille.

— Phoebe, attends une seconde, lança Prue. Tu as bien dit : *revu* ? Qu'est-ce que tu veux dire par là ?

— On s'est croisés par hasard aujourd'hui même, lui expliqua-t-elle. J'ai oublié de t'en parler.

Phoebe y allait un peu fort ! Elle rencontrait par hasard son premier petit ami, et elle omettait de lui en parler ? C'était vraiment trop pour elle.

— Ne partez pas déjà, demandait Andy. Je suis si content de voir mes deux sœurs Halliwell préférées. Allez, les filles, je vous offre un verre. D'accord ?

Phoebe se retourna vers sa sœur, pour lui glisser à l'oreille :

— Il faut que je te fasse une confidence très importante... dehors.

Prue eut du mal à accuser le coup. Elle regarda Phoebe d'un air suspicieux. La conversation au sujet de Roger avait commencé exactement de cette façon. Phoebe avait voulu lui parler en tête-à-tête, et lui avait alors avoué que Roger l'avait entraînée chez lui pour essayer de la séduire.

Prue ouvrit des yeux comme des soucoupes en regardant son ancien petit ami. Ça n'allait quand même pas recommencer !

— Prue, sois raisonnable. (Elle l'emmenait de force, pour l'éloigner d'Andy.) Allez, on y va.

Prue adressa à Andy un regard contrit, accompagné d'un petit signe de la main.

— Pour cette fois, ça va, lança Andy en éclatant de rire. Mais la prochaine fois, ça ne se passera pas de la même façon.

Prue suivit Phoebe, dans un état second. Combien de fois sa sœur allait-elle lui jouer encore ce genre de scénario ?

Lorsqu'elle se retrouva avec Prue à l'extérieur, Phoebe fut soulagée de s'être débarrassée de lui.

— On a été un peu sèches avec Andy, déclara Prue en se retournant vers sa sœur. Tu peux me dire ce qui se passe entre vous deux ?

Oh non ! Phoebe, devant le regard venimeux que

sa sœur lui lançait, venait de comprendre ce qu'elle avait derrière la tête.

— Ecoute-moi bien, commença Phoebe tandis qu'elles se dirigeaient vers la voiture de Prue, ce n'est pas ce que tu crois. Il n'y a strictement rien entre Andy et moi. Je trouve simplement un peu étrange qu'il réapparaisse juste après que tu as découvert tes pouvoirs.

— De quoi tu parles ? Qu'est-ce qu'Andy a à voir avec toute cette histoire ?

— En feuilletant *Le Livre des Ombres*, j'ai vu des gravures sur bois dont les thèmes rappellent certaines peintures de Bosch de la fin du XVe siècle. Il y a surtout des images terrifiantes de trois femmes en train de se battre contre différentes incarnations du démon.

— Des démons se battant contre des sorcières, répliqua Prue dans un éclat de rire. C'est un peu tordu !

— Il ne s'agit pas de démons en train de se battre entre eux, la coupa Phoebe. C'est le Bien en train de combattre le Mal. Tu sais, la plupart des sorcières pratiquent le bien.

Prue croisa les bras sur sa poitrine.

— Quel scoop ! Et... qu'est-ce qu'Andy a à voir là-dedans ? répéta-t-elle.

— Il faut que je trouve. (Elles tournèrent le coin de la rue pour se diriger vers le parking.) Mais tu dois savoir un truc, Prue. Une sorcière peut représenter le Bien ou le Mal. Une bonne sorcière suit les règles de Wicca. « Si tu ne fais pas le mal, alors fais ce que tu veux », récita Phoebe comme si elle avait le livre sous les yeux. « La mauvaise sorcière, tout comme le démon, poursuit deux buts : tuer les bonnes sorcières et s'emparer de leurs pouvoirs. »

— Bon, d'accord. Mais attends une minute, quel rapport ça a avec nous ? demanda Prue tandis qu'elles étaient arrivées près de sa voiture de sport rouge.

— Sur la première de ces fameuses gravures sur bois, les femmes étaient paisiblement endormies. Mais dans la seconde, l'une d'entre elles se battait contre une espèce de démon.

Prue s'accouda sur le toit de la voiture.

— Et alors ?

— Melinda Warren m'a dit que, dès que nos pouvoirs se réactiveraient, les démons se mettraient à nous pourchasser. (Phoebe secoua la tête.) Comme s'ils étaient guidés par une sorte de radar. (Elle posa sa main sur l'épaule de Prue.) Tant que nous n'avions pas pris conscience de nos pouvoirs, nous étions en sécurité. Mais ce n'est plus le cas. A présent, les démons ne vont plus nous lâcher, et ils auront tous l'apparence de gens tout à fait normaux. Cela peut être n'importe qui, et se présenter n'importe où.

— Et quel rapport avec Andy ? insista Prue, légèrement agacée. Tu veux dire qu'Andy est un démon ? C'est complètement ridicule. On le connaît depuis toujours !

— Mais c'est possible, enchaîna Phoebe. Nous avons pris conscience de nos pouvoirs juste hier, et puis, plouf ! il réapparaît dans notre vie. En plus, quand je l'ai vu aujourd'hui, il se comportait de manière étrange.

— Où l'as-tu rencontré ?

— Dans la boutique de Wicca, sur le Haight. Il m'a dit qu'il enquêtait sur le meurtre des sorcières.

Phoebe s'était rapprochée de sa sœur et lui parlait avec calme.

— Mais, lorsqu'il a pris dans ses mains le couteau de cérémonie, il est entré dans une sorte de transe. J'ai eu l'impression qu'il aurait été capable de me tuer sur-le-champ ! dit-elle avec une peur rétrospective.

Prue fit quelques pas en arrière.

— Mais, il ne t'a fait aucun mal ?

— Non, reconnut Phoebe. Il n'a pas eu le temps, car quelqu'un est entré dans la boutique.

— Ecoute, je suis certaine que ce couteau se rapporte juste à l'enquête, dit Prue.

Phoebe pensait que Prue n'en savait rien. Elle n'avait pas assisté à la scène. Elle ne pouvait donc pas comprendre qu'Andy paraissait avoir perdu tout contrôle.

— Tu ne trouves pas étrange qu'Andy tombe sur deux d'entre nous au cours de la même journée ? Après tout ce temps ? Et justement le jour qui a suivi la découverte de nos pouvoirs ?

Prue fit une grimace, et Phoebe se dit que son idée commençait à faire son chemin.

— Mais… protesta Prue, ce matin, lorsque j'ai bu un café avec lui, il s'est montré tout à fait charmant.

On a passé un très bon moment. Andy ne peut être un démon !

— Réfléchis une seconde ; tu l'as vu ce matin. Je l'ai vu cet après-midi, et ce soir. (Elle marqua une pause car une pensée terrible venait de lui traverser l'esprit.) Et ce soir, comme par magie, il vient dans le restaurant où travaille Piper !

— Phoebe ! Piper vient seulement de commencer ce travail aujourd'hui. Comment aurait-il pu…

C'était exactement ce que pensait Phoebe. Comment aurait-il pu savoir ?

— A présent, Piper se trouve là-bas avec Andy. Il faut que nous retournions chez *Quake*. Elle doit être en danger !

CHAPITRE 12

Prue suivait Phoebe qui se hâtait vers le restaurant. Comment était-il possible qu'Andy fût un démon ? Elle s'en serait bien aperçue lorsqu'ils sortaient ensemble. Phoebe devait se tromper. Il existait forcément une explication rationnelle.

— On ne peut quand même pas débarquer là-dedans complètement surexcitées, dit Prue.

— D'accord, murmura Phoebe. On va passer par-derrière. On pourra certainement apercevoir Piper par la fenêtre de la cuisine.

— Phoebe, je suis certaine que Piper va très bien, protesta Prue en suivant sa sœur. Andy serait incapable...

— Chhuutt ! Je veux juste en avoir le cœur net. Si Piper va bien, on repart.

Elles s'approchèrent de la fenêtre sans faire de bruit, puis regardèrent à l'intérieur. Prue vit Piper dans son uniforme de chef, debout devant une table en métal. Elle parlait avec quelqu'un. C'était... Andy !

— Il est là, murmura Phoebe. Il est en train de lui parler !

— Phoebe... je le vois comme toi !

Prue, le cœur battant, les observait avec attention. Elle ne pouvait voir le visage d'Andy, mais Piper souriait, et paraissait tout à fait à l'aise. Les marmitons s'activaient avec des gestes rapides, hachaient les légumes, préparaient les sauces.

Piper ne semblait pas avoir peur. Elle était même étrangement calme au regard de l'agitation qui régnait autour d'elle, et contrôlait parfaitement la situation.

Prue sentit l'inquiétude de Phoebe, mais elle se contenta de penser que sa sœur s'emballait toujours pour un rien.

— Phoebe, je suis certaine qu'il y a une explication logique à cela. Andy a peut-être l'habitude de venir régulièrement chez *Quake*, et il n'a pas attendu que Piper y travaille pour y venir dîner ; après une journée bien remplie, il a dû avoir besoin de reprendre des forces, et a croisé Piper ici. Ça ne veut absolument pas dire que c'est un démon.

— Mais, que fait-il dans la cuisine ? insista Phoebe. Les clients n'ont pas pour habitude de venir se servir eux-mêmes.

— Je ne sais pas. Peut-être Piper l'a-t-elle aperçu dans la salle, et l'a invité. Qui sait ?

Elle regarda de nouveau à travers la vitre. Andy poussait la porte à double battant avec une assiette pleine.

— Tu vois, Piper va très bien.

— J'espère que tu as raison, admit Phoebe.

— Ça va ? On peut partir ? Je voudrais passer à la pharmacie avant de rentrer à la maison. Toutes ces histoires de sorcellerie m'ont donné un épouvantable mal de tête.

Prue et Phoebe repartirent vers la voiture en silence. Prue demeurait certaine qu'Andy n'était pas un démon. Phoebe ne se trompait sans doute pas au sujet de leurs pouvoirs, mais elle n'avait pas raison sur tout ; en fait, elle avait rarement raison sur tout.

Prue démarra la voiture et prit la direction de la pharmacie. Son mal de tête devenait de plus en plus violent au fur et à mesure que les minutes passaient. Il fallait qu'elle se fasse à l'idée qu'elle était bien une sorcière. Mais pour l'instant, elle ne voulait pas y penser. Elle voulait juste que sa migraine cesse le plus vite possible.

Une fois dans la pharmacie, Phoebe sur les talons, Prue chercha l'aspirine qui devait se trouver dans la dernière allée.

— Andy sait peut-être depuis toujours que nous sommes des sorcières, murmura Phoebe. Mais il devait attendre que nos pouvoirs nous soient révélés pour agir.

Prue aurait préféré que sa sœur se taise, et ne put s'empêcher de lui faire comprendre qu'elle était folle en se posant le doigt sur la tempe.

— Tu sais bien qu'il me paraît impossible qu'Andy soit un démon.

— Et moi je pense que tout le monde peut être un

démon – un homme, une femme, un enfant. Même Andy.

Prue s'arrêta net et se retourna vers sa sœur.

— Merci d'aggraver mon mal de tête. Je dois absolument trouver de l'aspirine.

— Tu sais bien que, pour faire passer ton mal de tête, le meilleur truc, c'est une bonne vieille tisane à la camomille.

— Pas ce coup-ci. J'ai vraiment trop mal, lui répondit sèchement Prue.

Elle tourna dans l'allée suivante, mais n'y trouva que des shampoings et des bombes de laque.

— Cette pharmacie ne vend donc rien d'autre que des produits capillaires ?

Elle s'arrêta à la caisse située à l'entrée du magasin.

— Excusez-moi, où puis-je trouver l'aspirine ?

Le jeune homme qui tenait la caisse, ne dénia même pas lever les yeux du magazine qu'il était en train de lire.

— Allée 3, répondit-il.

Toujours suivie par Phoebe, Prue se dirigea vers l'allée en question. Elle n'y voyait que des étagères remplies de produits de médecine douce. Où était donc cette satanée aspirine ?

— Tu sais, je n'ai pas peur de nos pouvoirs, continuait Phoebe, imperturbable. Ce que je veux dire, c'est que tout le monde hérite quelque chose de ses ancêtres. Je m'trompe ?

— Non, mais habituellement, c'est plutôt d'argent,

du mobilier, certains traits de caractère. (L'exaspération de Prue était à son comble.)

— Voilà ce dont héritent les gens normaux.

Elle poursuivit son inspection des rayonnages. Des sirops pour la toux, du dentifrice... Prue se sentait la tête comme serrée dans un étau.

— Qui préférerait rester normal alors qu'il aurait la possibilité d'être quelqu'un de particulier ? lui demanda Phoebe en souriant.

— Mais je veux être normale, insista Prue. Je veux vivre normalement.

Son mal de tête ne faisait qu'empirer, elle pouvait presque entendre le sang battre ses tempes, lorsque, levant les yeux, elle vit l'allée 3.

— Ah, la voilà. Il a bien dit que l'aspirine se trouvait dans cette allée ?

— Nous ne pouvons rien changer à ce qui nous arrive, continuait Phoebe. Nous ne pouvons pas lutter contre notre destin. De plus, nous n'avons pas vraiment le temps de nous en inquiéter. Nous sommes en danger. Il faut absolument que nous apprenions à nous servir de nos pouvoirs. Et vite !

— Est-ce que tu vois l'aspirine ? s'énervait Prue.

Phoebe pouvait-elle cesser de la harceler une bonne fois pour toutes avec ses idées fixes ?

— Tiens, il y a de la camomille, découvrit Phoebe sur un présentoir.

— Ecoute, reprit Prue en regardant sa sœur bien en face. Je viens à peine de découvrir que je suis une sorcière, que mes deux sœurs le sont également, que nos pouvoirs, apparemment, déclenchent les forces du mal, et, pour clore le tout, que les démons nous auraient repérées ! Alors, Phoebe, je suis désolée, mais je ne suis pas d'humeur à prendre un traitement homéopathique !

— Alors, pourquoi n'utilises-tu pas ton pouvoir ? suggéra Phoebe comme si c'était une évidence. Chasse le mal de tête de ton esprit.

— Laisse tomber ! hurla Prue. A ce moment-là, une boîte d'aspirine se détacha d'une étagère, et flotta vers Prue qui l'attrapa d'un geste machinal. Les yeux de Phoebe s'arrondirent.

Prue observa sa sœur un long moment, puis son regard se reporta sur la boîte qu'elle tenait. Elle venait de prendre conscience de la situation totalement paranormale.

C'était la seconde fois que cela se produisait. Elle ne pouvait toujours pas se l'expliquer.

— Tu déplaces des objets lorsque tu es excédée, lui dit Phoebe en souriant. C'est bien ça.

— Tu es complètement dingue. Tu sais, Grams aimait plaisanter en racontant que, petite, tu étais tombée sur la tête. Elle devait avoir raison.

— *Le Livre des Ombres* dit que nos pouvoirs vont augmenter, se contenta d'ajouter Phoebe.

— Augmenter ? Jusqu'à quel point ?

Prue serrait le tube d'aspirine dans sa main, dépassée par les événements.

— Qui sait ? répondit Phoebe, laconiquement.

Prue ne quittait pas sa sœur des yeux.

— Mes pouvoirs ne deviendront pas plus puissants, surtout si je ne le souhaite pas. Au moins, c'est un truc que je peux contrôler. Et je ne déplace pas les objets lorsque je suis énervée, je peux parfaitement maîtriser mes émotions.

— Je vais te prouver le contraire, dit Phoebe. Plus tu es énervée, plus tes pouvoirs se développent.

Prue trouvait le comportement de sa sœur vraiment infantile.

— Ro... ger, la railla Phoebe en chantonnant.

A la simple évocation de ce nom, Prue sentit la colère monter en elle. Elle essaya de se contenir.

Trois tubes d'aspirine supplémentaires quittèrent l'étagère pour s'écraser sur le sol. Estomaquée, Prue se baissa pour les ramasser. Elle n'arrivait pas à croire que sa colère contre Roger avait provoqué la chute des tubes. C'était tout simplement impossible.

— A présent, on va parler de papa : tu vas voir ce qui se produira.

Phoebe ne lâcherait pas prise si facilement. Papa... Pourquoi Phoebe faisait-elle allusion à lui ? Prue tenta une fois encore de refréner sa colère, car elle haïssait son père plus que tout au monde.

— Papa est mort.

— Non, il n'est pas mort. Il a simplement déménagé à New York, et il est en pleine forme.

— Pas pour moi. Il est mort le jour où il a abandonné maman.

— Ouais, tu as raison, dit Phoebe dans un éclat de rire. A tes yeux, il n'a jamais représenté qu'un sale arriviste. Tu enrages de le savoir en vie. Et ça te rend dingue que j'aie essayé de le retrouver, comme ça te rend dingue que je sois revenue. Papa-Papa-Papa-Papa-Papa-Papa-Papa !

Prue lança un regard noir à sa sœur. Elle ne pouvait plus supporter cette situation. Elle haïssait son père, et maintenant elle haïssait sa sœur d'avoir osé l'évoquer !

La fureur l'envahissait comme une lame de fond. Des centaines de boîtes de médicaments s'envolèrent, comme emportées par un souffle, pour venir s'écraser sur le sol.

— Comment oses-tu parler de papa devant moi ! Tu ne te rappelles pas que tu n'arrivais pas à t'endormir tellement tu pleurais lorsqu'il est parti. Tu étais trop petite. J'étais obligée de rester des heures entières à côté de toi jusqu'à ce que tu tombes de sommeil ! Tu as commencé à croire qu'il y avait des monstres partout – sous ton lit, dans la cave. Alors, s'il te plaît, ne me parle plus de papa ! Compris ? Je me souviens trop bien comment nous avons vécu après son départ. Je me souviens de *tout* !

Prue respira un grand coup. Son mal de tête avait disparu comme par enchantement. Elle se sentait détendue, plus calme qu'elle ne l'avait jamais été depuis plusieurs mois.

— Tu te sens mieux ? lui demanda Phoebe avec un sourire narquois.

— Ouais, vraiment.

Elle regarda les boîtes jonchant le sol. En définitive, elle avait toujours su ce qui pourrait se passer si elle se laissait envahir par ses émotions. Malgré la pagaille qui régnait autour d'elle, elle se sentait bien ; plus rien ne l'agaçait, il suffirait de nettoyer...

Prue, souriante, commençait à assimiler son pouvoir, comme si elle venait de l'apprivoiser ; elle rentrait en possession de ses moyens.

CHAPITRE 13

Le lendemain matin, Phoebe retrouva Piper à la table de la cuisine. Elle serrait fort sa tasse de café tout en admirant la lumière qui inondait la pièce, l'enrobant d'un éclat chaud et tendre.

— Je suis épuisée, confia Piper en se frottant les yeux.

Elle plantait mollement sa cuillère dans son bol de céréales.

— L'autre nuit, tu es sortie avec Jeremy après le boulot ? demanda Phoebe.

— Non, j'étais trop fatiguée. Je suis sortie de chez *Quake* très tard.

Phoebe ne savait pas trop si elle devait parler à sa sœur de Prue et de leurs pouvoirs. Après tout, c'était à Prue de s'en charger.

— Bonjour, Prue, dit doucement Piper.

Phoebe leva les yeux. Prue, toujours en pyjama, entrait dans la cuisine. Elle prit un mazagran qu'elle emplit de café.

— T'as pas l'habitude de te lever aussi tard, constata Phoebe.

— Je n'ai aucune raison de me lever de bonne

heure, commenta Prue en étendant les pieds sous la table. Tu ne te rappelles pas que je ne travaille plus ?

— Et... depuis quand ? marmonna Piper, sidérée.

— Depuis hier. Roger m'ayant piqué un projet que j'avais monté, j'ai démissionné.

— Si je comprends bien, je vais devoir vous entretenir ? plaisanta Piper. Je trouve très chouette que tu t'en tiennes à tes principes. Tu vas trouver un autre job sans même t'y attendre. Quand une porte se ferme, une autre s'ouvre.

— Cette théorie ne marche pas pour moi, dit Phoebe sur un ton plaintif. J'ai toujours reçu les portes en pleine figure, où que j'aille. Je n'ai jamais réussi à garder un boulot fixe.

— Tu trouveras un travail qui te convient si tu le désires vraiment, lui lança Prue. Phebes, il faut que tu sois patiente. Prends ton temps.

Ouah ! Prue l'avait appelée Phebes. Ça faisait un sacré bout de temps qu'elle ne l'avait pas fait. Elle semblait exceptionnellement détendue. Ses pouvoirs nouvellement acquis l'avaient peut-être transformée, pour son bien. Phoebe hésitait toujours à se confier à Piper.

— Bon, puisqu'on est face à face, je voudrais vous dire quelque chose, intervint Piper, toussotant pour chasser le chat qu'elle avait dans la gorge.

— De quoi parles-tu ? demanda Phoebe.

Piper regardait alternativement ses sœurs.

— Ben, voilà... commença-t-elle lentement. Cet après-midi, il m'est arrivé un truc bizarre. J'étais en train de passer le test lorsque le chef Moore est entré dans la cuisine, pour me dire que l'examen était terminé. Ma sauce au porto n'était pas tout à fait prête. Je ne savais plus quoi faire. Il me fallait un peu plus de temps. Je savais que, s'il goûtait la sauce avant que j'y aie ajouté une mesure de porto, je n'aurais pas le job.

— Et tu ne pouvais pas lui dire que tu avais besoin d'une ou deux minutes de plus ? lui demanda Prue.

— C'était trop tard. Il avait déjà pris une cuillerée de pâtes, et s'apprêtait à la manger. C'est alors que je lui ai dit de s'arrêter. (Piper reprit son souffle.) Et il s'est arrêté.

— Génial, dit Phoebe. Je croyais pourtant que les chefs français étaient tous caractériels.

— Ça n'a rien à voir.

Piper ne tenait plus en place. Posant les mains sur la table, elle réussit quand même à se dominer.

— Vous n'y êtes pas. Il était comme pétrifié. Dans la cuisine, tout s'est arrêté : le réfrigérateur, la pendule, et même les bulles de l'eau qui bouillait se sont figées d'une façon surnaturelle. C'était fascinant. Tu crois... tu crois que c'est moi qui ai provoqué ça ? demanda-t-elle à Phoebe. Est-ce que c'est bien ce que tu voulais nous faire comprendre ? Tu crois vraiment que j'ai le pouvoir d'arrêter le temps ? (Elle se prit la tête dans les mains.) Je ne suis quand même pas une sorcière ?

— T'en fais pas, Piper, la rassura Prue en lui frottant le dos. Tu n'es pas seule. J'arrive à déplacer des objets par la seule force de mon esprit. Phoebe peut te le confirmer.

— J'espère que tu plaisantes ? dit Piper, désespérée.

— Non, c'est vrai, renchérit Phoebe qui ne pouvait nier la vérité. Elle a explosé entièrement l'allée numéro 3 de la pharmacie. Des centaines de boîtes ont volé des étagères... seules.

— Phebes, tu en as vraiment été témoin ? (Piper avait du mal à respirer.) C'est si difficile à admettre !

— Melinda m'a dit que le troisième pouvoir serait de prévoir l'avenir, dit Phoebe. Ça doit être le mien. Enfin je le pense. Ouah !

Son ton ironique, elle répondait aux allégations de Prue qui lui serinait qu'elle n'avait aucune idée de ce que demain serait fait. Mais quand allait-elle détenir ses pouvoirs, se désolait-elle.

— Il faut que je prenne possession de mes pouvoirs avant d'être attaquée par un démon. (Elle parlait très fort.) Nous ne savons ni quelle forme prendra le démon, ni comment le combattre. Si j'arrive à lire dans l'avenir, ce sera un plus pour nous.

— Des démons ? Qui nous attaquent ? De quoi parles-tu ? interrogea Piper.

— Tu n'as pas écouté ce que je t'ai dit hier matin ? Nous sommes menacées ! Les démons veulent nous voler nos pouvoirs, en nous tuant ! Ces femmes assassinées l'ont été par un démon. Et elles étaient toutes des sorcières ! Et chaque fois que le meurtrier en tue une, il devient encore plus fort, car il récupère ses pouvoirs.

Piper serrait sa tasse de café tellement fort que ses articulations blanchissaient.

— Comment peut-on reconnaître un démon ? demanda-t-elle.

— Nous ne savons pas, expliqua Prue. Phoebe dit que n'importe qui peut en être un.

Elle jeta un coup d'œil en direction de sa jeune sœur qui se tassait sur son siège, car elle connaissait déjà la suite.

— C'est pour cette raison que, ce soir, nous sommes parties tôt de chez *Quake*. Phoebe commençait à faire une crise de parano. Elle pensait qu'Andy était un démon.

Piper éclata de rire.

— Andy ? N'importe quoi. Il est flic.

— J'ai de très bonnes raisons de le soupçonner, argumenta Phoebe. Vous êtes incroyables. A partir de maintenant, nous ne pouvons avoir confiance qu'en nous-mêmes.

— Et Jeremy ? Tu crois que lui aussi pourrait être un démon ? rétorqua Prue.

— Jeremy ? (Piper s'étouffait.) Ça va pas. Je n'ai jamais rencontré un type aussi gentil.

— Piper, il faut toujours se méfier de l'eau qui dort.

Phoebe essayait de la mettre en garde.

— Tu veux dire que nous devons suspecter tout le monde ? poursuivait Piper. Je n'arrive pas à le croire. Et le marchand de journaux aussi pourrait en être un ? Et pourquoi pas l'épicier ?

Phoebe le lui confirma d'un signe de tête.

— Et pourquoi pas Roger ? lança Piper se tournant vers Prue.

— Ça, j'aurais du mal à le croire. D'accord, il est démoniaque, mais de là à être un démon…

— Nous ne savons pas du tout dans quelle peau s'est glissé le démon, insista Phoebe. La seule solution, c'est d'être aux aguets. Pigé ?

Eberluées, Piper et Prue se regardèrent. Elles n'avaient pas l'habitude de recevoir des ordres de leur petite sœur. Pourtant, elles acquiescèrent, et Piper s'entendit même répondre : « Pigé ! ».

— Qu'est-ce qu'Andy t'a raconté ce soir ? s'enquit Phoebe auprès de Piper, qui fronça les sourcils.

— Comment sais-tu que je lui ai parlé la nuit dernière ? Je n'ai pas quitté la cuisine.

Phoebe, gênée, ne put faire autrement que de lui avouer qu'elles l'avaient espionnée par la fenêtre de la cuisine.

Piper les regardait comme si elles étaient devenues folles. Elle n'en croyait pas ses oreilles.

— Il fallait qu'on le fasse, lui expliqua Phoebe. On était persuadé que tu étais en danger, qu'Andy essaierait de te faire du mal !

— Et lorsqu'on a compris que tout se passait bien, on est parties, ajouta Prue.

— Alors, maintenant, peux-tu nous dire ce que te racontait Andy ? répéta Phoebe.

— Il voulait juste le numéro de téléphone de Prue. Il l'avait perdu. Je lui ai dit que nous vivions de nouveau dans la maison de Grams.

Phoebe ne put s'empêcher de hurler.

— Tu lui as dit où nous habitions ?

— Phoebe, ça n'a aucune importance, la coupa

Prue. Je le lui avais déjà dit lorsque je l'ai croisé par hasard. Comment pouvais-je supposer que c'était un démon ? Je ne savais même pas que ça existait.

Elle laissa errer son regard dans la cuisine.

— Au fait, quelqu'un a acheté le journal ?

— Non, pas encore, répondit Phoebe.

— Je vais y aller.

Prue se leva de sa chaise et, sa tasse de café à la main, quitta la cuisine.

— Ça nous permettra peut-être de trouver un nouveau job ! dit-elle en traversant le hall d'entrée.

— Et pourquoi pas dans une société de déménagements ? lui lança Piper. Tu pourrais déplacer les meubles de villas entières sans lever le petit doigt !

Prue passa la tête dans l'embrasure de la porte en ricanant, puis disparut à l'extérieur.

— Il faut que je sorte un moment, dit Phoebe en soupirant. Je n'arrive pas à chasser les démons de mon esprit. Je vais m'aérer un peu, conclut-elle, l'air agité.

— D'accord, mais je serai sans doute partie quand tu rentreras, la prévint Piper. Il faut que j'aille au restaurant un peu plus tôt, j'ai des petits détails à régler. Et ne vous affolez pas si je ne rentre pas cette nuit. Je dois voir Jeremy.

Phoebe l'arrêta net, la dévisageant.

— Attends. Tu connais ce type depuis combien de temps ?

— Phoebe, je t'en prie…

— Pigé, pigé, martela-t-elle en pointant son doigt en direction de sa sœur. Mais sois prudente.

— Oui, mère ! lui répondit Piper en souriant.
— Bonne chance, lui lança Phoebe, en s'élançant hors de la cuisine.

Elle attrapa son sac à dos posé près de la porte d'entrée et sortit précipitamment de la maison.

Prue et Piper, de leur côté, ne prenaient pas ces histoires de démons au sérieux. Et ça la rendait un peu paranoïaque. Pourtant, elle avait trouvé la vérité. Prue, tout comme Piper, possédait un pouvoir. Et les démons n'allaient pas tarder à intervenir. Son esprit se brouillait tandis qu'elle enlevait l'antivol de son vélo garé contre le porche de la maison. Elle descendit les quelques marches qui menaient à la rue, et l'enfourcha.

L'image d'Andy s'immisçait dans son esprit. Ce n'était pas tant de l'imaginer en démon qui la gênait ; elle souhaitait seulement se rémérorer constamment le fait qu'il avait brandi ce couteau orné de pierreries.

CHAPITRE 14

Prue se regardait fixement dans le miroir tandis qu'elle mettait ses boucles d'oreilles. Elle ne se trouvait pas vraiment différente. Pourtant, elle avait une expérience qui devait l'avoir transformée.

Elle étudia son image dans la glace. Elle avait revêtu une robe bleue, élégante, mais pas trop habillée, et portait une paire de sandalettes de la même couleur. Elle était prête à sortir avec Andy qui l'avait invitée à déjeuner.

Il avait appelé après que Piper fut rentrée du boulot, juste au moment où Phoebe était partie faire un tour à bicyclette. Prue se montrait assez contente de la situation. Elle n'aurait pas à faire face aux commentaires de Phoebe. Néanmoins, après tous les avertissements de sa sœur, Prue avait hésité un instant avant d'accepter l'invitation d'Andy. Mais elle n'y voyait plus aucun mal. Elle ne pouvait quand même pas se couper du monde sous prétexte qu'elle était une sorcière. De plus, elle le connaissait intimement : il n'aurait jamais été capable de lui cacher un aussi terrible secret.

Prue descendit l'escalier quatre à quatre, se regarda

une dernière fois dans la glace de l'entrée, claqua la porte, monta dans sa voiture, et se rendit en ville.

Sa gorge se noua lorsqu'elle entra dans le petit restaurant où ils s'étaient donné rendez-vous.

Elle devait se détendre. Phoebe se trompait complètement au sujet d'Andy : rien ne laissait supposer qu'il soit un démon. Pourquoi sa sœur lui avait-elle bourré le crâne avec cette histoire ?

Ses craintes s'envolèrent dès qu'elle le vit. Andy se leva pour l'accueillir. Il affichait toujours le regard franc qu'elle aimait tant, celui qu'elle lui avait toujours connu.

— Salut, dit-il en lui faisant une bise sur la joue. Qu'est-ce que tu veux boire ?

— Un verre de vin blanc.

— Alors, quoi de neuf depuis la dernière fois qu'on s'est vu ? Mais, dis-moi, la dernière fois, c'était bien hier ?

Prue arbora un large sourire pour lui masquer les pensées qui la troublaient. Trop d'événements s'étaient succédé depuis la veille. Par quoi allait-elle commencer ? Lui avouer qu'elle était une sorcière ? Non, ce n'était pas une bonne idée. Après avoir rapidement réfléchi, elle trouva un point de départ.

— Eh bien, en fait, je n'ai plus de boulot. Hier, j'ai donné ma démission.

— Pour quelle raison ? fit Andy, étonné.

— Roger était mon patron, expliqua Prue. Ça faisait un petit bout de temps qu'il me mettait des bâtons dans les roues ; depuis que je l'ai quitté, et finalement hier, une goutte d'eau a fait déborder le vase.

— Ce n'est peut-être pas plus mal. Ça n'est jamais facile de travailler avec quelqu'un qui vous a été très proche.

— Ça, je m'en suis rendu compte, dit Prue. Mais c'était vraiment un travail intéressant qui me plaisait énormément.

— Ne t'en fais pas, lui dit-il doucement en passant un bras autour de ses épaules. Tu n'auras aucun problème pour retrouver un job. Et, très certainement, avec davantage de responsabilités. Prue, je te connais, je sais que rien ne pourra t'empêcher de faire une carrière exceptionnelle. Tout t'appartient !

Elle posa sa tête sur l'épaule d'Andy, goûtant le plaisir qu'elle ressentait à ce réconfort. C'était si bon de pouvoir se reposer sur quelqu'un. Pour une fois, elle n'avait pas besoin d'être la plus forte.

Lorsque le garçon lui apporta son verre, elle redressa la tête pour boire une gorgée.

— Comment se passe ton enquête ? demanda-t-elle. Tu crois que tu vas réussir à trouver le type qui assassine toutes ces femmes ?

— Ce type est vraiment fort, dit Andy en secouant la tête. On est bloqué. On essaie de deviner quelle pourrait être sa prochaine victime. Mais à part les boutiques de tatoueurs, nous n'avons aucune autre piste.

Prue ne put s'empêcher de s'agiter sur son siège, en pensant aux paroles de Phoebe. Leurs pouvoirs s'étaient réveillés, les démons n'allaient pas les lâcher : elles pouvaient être les prochaines victimes. Elle frissonna en jetant un coup d'œil à Andy.

— Prue... ça va ?

— Oui, oui, répondit-elle avec un petit sourire crispé. Peut-être devrait-elle le prévenir qu'elle était une sorcière ? Ça pourrait faire progresser l'enquête.

— Tous ces rites autour de Wicca sont tellement étranges, ajouta-t-il. Je n'arrive pas à comprendre ce qu'ils sont censés accomplir. C'est trop bizarre. Et puis je n'arrive pas à croire qu'autant de gens soient embringués dans ce truc.

Prue s'écarta un peu de lui. Elle venait de réaliser qu'il ne comprendrait pas ce qu'elle lui raconterait. Non. Elle décida donc de différer encore le moment des confidences.

Qu'est-ce qu'il pourrait bien penser s'il savait qui elle était exactement ? La prendrait-il pour une folle ? Ou bien, aurait-il peur d'elle ? Il était bien possible qu'il se sauve.

— Prue, tu es certaine que tout va bien ? Tu sembles avoir la tête dans les nuages.

— Ça va bien, Andy, lui assura-t-elle. Il n'y a vraiment aucun problème.

— Non. Ce n'est pas vrai. Je sens qu'il se passe quelque chose.

Prue ne répondant pas, Andy poursuivit :

— Il a dû t'arriver un truc hier. Tu n'es plus la même.

Prue essaya en vain de trouver une réponse cohérente à lui fournir.

— Hum, Andy, qu'est-ce qui te fait croire ça ?

— Tu es différente. C'est comme si tu n'avais pas

confiance en moi. Tu avais pourtant l'habitude de tout me dire. Alors, vas-y. Qu'est-ce qui s'est passé ?

Il essaya de la reprendre par les épaules, mais Prue le repoussa. Elle se sentait soudainement mal à l'aise, près de lui. Vraiment mal à l'aise.

Prue promena son regard alentour pour observer les autres clients. Bizarre. En pleine heure du déjeuner, la salle se trouvait pratiquement vide.

— Mais, enfin, qu'est-ce tu as ? insista Andy.

— Andy, tu sais quoi ? Il faut que je m'en aille, l'interrompit-elle. Je viens de me rappeler quelque chose. Tu peux me laisser passer ?

— Mais tu n'as même pas encore commandé !

Andy se leva. Prue quitta la banquette.

— Andy, je suis désolée. Je t'expliquerai plus tard.

— Prue... attends.

Prue sentait peser sur elle le regard d'Andy. Une fois sur le trottoir, elle se retourna rapidement pour voir s'il la suivait.

Andy se tenait sur le seuil du restaurant ; il l'observait.

Leurs regards se croisèrent. Prue tourna rapidement le coin de la rue pour aller récupérer sa voiture.

Lorsque Prue rentra à la maison, elle trouva un message sur son répondeur. Elle lança les clés de sa voiture sur le guéridon de l'entrée avant de l'écouter.

— Prue, c'est Roger.

Elle écarquilla les yeux en entendant la voix de faux-jeton. Qu'est-ce qu'il pouvait encore lui vouloir ?

— Je te cherche, disait-il, et je finirai bien par te retrouver. On ne me quitte pas aussi facilement.

Le message lui fit froid dans le dos. Il n'allait quand même pas la menacer !

— J'ai besoin de toi, continuait Roger. J'ai besoin de ton…

Click. Roger avait raccroché. Prue tremblait sans arriver à quitter le répondeur des yeux. Qu'est-ce que Roger voulait lui dire ? Pourquoi avait-il raccroché ?

Les recommandations de Phoebe lui revinrent en mémoire : les démons ont pour mission de tuer. Et ils peuvent prendre n'importe quelle forme ou se glisser dans la peau de n'importe qui.

Oui, de n'importe qui. Celle d'Andy, comme celle de Roger.

Phoebe acheva en danseuse l'ascension de l'une des collines de San Francisco. Elle adorait faire du vélo ; l'exercice la détendait, lui faisait oublier tous ses soucis.

En arrivant en haut, elle soufflait comme une locomotive. Heureusement qu'elle allait s'amuser dans la descente !

Elle éprouva alors un vertige qui faillit la faire tomber de son vélo. Phoebe se dit qu'elle avait sans doute trop forcé, et perdu l'habitude des hauteurs.

Puis un éclair de lumière lui transperça les yeux, et une décharge électrique lui traversa le corps. Elle suffoqua et se mit à paniquer. Qu'est-ce qui se passe ? Elle ferma les yeux, et dans son esprit une scène se déroula comme en rêve.

Deux adolescents sans casque sur des planches de skate dévalaient à toute allure la route, sautant sur la bordure du trottoir, avant d'enchaîner des virages comme sur une planche de surf. Une voiture tourna au coin de la rue. Une voiture noire. Un bruit de klaxon retentit. Des pneus crissèrent sur la chaussée. La voiture faisait une embardée.

Trop tard. Trop tard. Le véhicule ne pouvait éviter les gamins. Du sang sur la chaussée.

Du sang coulait de leurs crânes…

Puis les images s'estompèrent et disparurent. Phoebe cligna les yeux en secouant la tête pour se remettre les idées en place. Profondément choquée, elle avait mis un pied à terre.

Qu'est-ce qui s'était passé ?

Les maisons qui l'entouraient ne ressemblaient pas à celles qui venaient de lui apparaître. Et il n'y avait ni enfants, ni voiture noire.

Pourtant, la scène lui paraissait réelle. Elle avait bien vu deux enfants avoir un accident !

Elle ne tarda pas à comprendre qu'elle venait d'avoir une vision. Elle devait agir. Vite. Il fallait qu'elle sauve ces gamins !

Jetant un rapide coup d'œil autour d'elle pour essayer de repérer les skaters ou la voiture noire, elle enfourcha de nouveau son vélo et pédala frénétiquement.

Pas de voiture noire. Pas d'adolescents en vue.

Elle se ramassa sur son guidon, afin de descendre la colline le plus vite possible. Le vent lui fouettait le visage. Il fallait qu'elle les trouve. Elle ne perdait aucun détail de ce qui passait devant elle. C'est alors qu'elle l'aperçut. Un véhicule noir roulait à vive allure à une certaine distance d'elle. Etait-ce la même voiture ? se disait-elle, le cœur battant.

Alors qu'elle arrivait aux abords d'un virage, le souffle coupé, elle remarqua deux garçons, qui montaient et descendaient la bordure du trottoir.

Son regard passa de la voiture aux ados. Ils n'avaient pas vu la voiture qui allait les percuter ! Phoebe pédalait comme une dératée pour les rejoindre.

— Faites gaffe ! hurla-t-elle aux gamins.

Elle fonça de plus belle pour essayer de leur couper la route, et fit une embardée devant eux. Les deux garçons bifurquèrent pour l'éviter.

Phoebe fit un nouvel écart, perdit le contrôle de son vélo, et dégringola sur la chaussée. Une douleur fulgurante comme un coup de poignard lui transperça l'épaule gauche. Les pneus crissèrent.

Phoebe eut juste le temps de lever les yeux pour voir la calandre de la voiture se rapprocher d'elle, trop vite pour s'arrêter.

— Noooooonn !

CHAPITRE 15

Prue pénétra aux urgences comme un ouragan, se frayant un passage parmi les gens qui attendaient à l'accueil. Elle souhaitait par-dessus tout qu'on lui dise que Phoebe allait bien.

Un homme lui tournant le dos conversait avec l'infirmière, dans son bureau. Elle se planta entre les deux interlocuteurs et les interrompit :

— Je cherche ma sœur, Phoebe Halliwell, s'adressa-t-elle à l'infirmière des admissions.

L'homme se retourna. Prue faillit s'étrangler. Andy ! Que faisait-il là ? Prue sentit son visage se crisper.

— Prue ! Qu'est-ce qui se passe ? Phoebe va bien ?

— Je ne sais pas. Elle a eu un accident.

— Qu'est-ce que tu fais ici ? lui demanda-t-elle avec nervosité.

— J'enquête sur un meurtre. « Wicca le tueur ». Je suis ici pour voir le corps de la victime numéro sept.

Un silence de plomb s'installa dans le bureau. Andy finit par le briser en s'adressant à l'infirmière :

— Savez-vous quand le Dr Gordon sera disponible ?

— Dans une vingtaine de minutes. Vous pouvez l'attendre à côté si vous le désirez.

— Merci, dit-il en se tournant vers Prue.

— Qu'avais-tu cet après-midi ? Tu avais l'air complètement perturbée.

Prue perçut un zeste de colère dans sa voix, qu'elle ne lui connaissait pas. Le ton qu'il employait à présent la paralysait.

— Prue, parle-moi, la supplia Andy.

Il avait repris sa voix douce, et la contemplait avec ses tendres yeux noisette.

Prue restait sous l'emprise de ce regard qui la faisait fondre. Elle devait être à bout de nerfs. Les affaires de sorcellerie l'avaient sans doute bouleversée. Elle était prise d'une envie irrésistible de confier son secret à Andy. Peut-être pourrait-il l'aider ? Elle avait besoin de faire confiance à quelqu'un – de lui faire confiance.

Mais non, se disait-elle aussitôt, Phoebe avait certainement raison. Elle ne pouvait se permettre de faire confiance à quiconque. Sentant qu'Andy l'observait, elle essaya de comprendre ce qui lui passait par la tête.

— J'espère juste que ma sœur va bien, finit-elle par dire, d'un air vague et rêveur.

— Prue !

Piper traversait le hall d'entrée en compagnie de Jeremy. Prue courut vers eux.

— Que se passe-t-il ? Vous avez vu Phoebe ? Comment va-t-elle ?

— Tout va bien, la rassura Piper. Elle a fait une chute de vélo. Une voiture a failli la heurter, mais s'est écartée juste à temps. Le médecin nous a dit qu'elle avait eu beaucoup de chance. Elle n'a rien de cassé. Seulement des égratignures et quelques bleus. Elle est en train de passer une radio.

— Tant mieux, dit Prue, soulagée.

Andy apparut derrière elle.

— Salut, Piper.

— Salut, Andy.

Piper adressa à Prue un regard entendu. Pourquoi Andy se trouvait-il ici ? Piper sourit néanmoins à Andy en ajoutant :

— C'est sympa de te revoir. Je te présente mon ami, Jeremy. Jeremy, voici Andy Trudeau, un vieil ami de Prue.

Andy serra la main de Jeremy.

— Très heureux de faire votre connaissance.

— Moi aussi.

— Bon, il va falloir que je retourne au restaurant, annonça Piper, lançant un coup d'œil inquiet à Andy. Ça va aller, Prue ?

Elle lui fit un signe de tête qui se voulait rassurant.

— Ça va aller. Je raccompagnerai Phoebe à la maison.

— Parfait, répondit Piper. Jeremy m'invite au restaurant après le service – ce n'est pas la peine de m'attendre.

Piper leur fit un signe joyeux de la main en sortant

de la salle des urgences. Prue ressentit un léger pincement au cœur en voyant Jeremy prendre la main de sa sœur. Elle aurait bien voulu rencontrer un homme comme Jeremy. Quelqu'un sur qui compter, qui la protège.

Elle aimait énormément Andy, mais pouvait-elle avoir confiance en lui ? Deux jours auparavant, elle n'aurait pas hésité une seconde à lui accorder sa confiance, mais une seule journée avait suffi pour qu'elle change d'avis, ne pouvant plus réprimer son trouble.

— Ouf, dit Andy. Je suis heureux de savoir que Phoebe va bien. Le médecin que je dois contacter ne pourra se libérer que dans quelques minutes. Que dirais-tu d'un café ?

Prue hésita. Elle se souvenait, en regardant Andy, comme son séduisant visage l'avait rendue folle de lui. Dire qu'elle imaginait pouvoir être de nouveau amoureuse.

Mais, en même temps, elle se sentait toujours en proie à la peur, environnée de tous ces meurtres, toutes ces questions qui restaient sans réponse... De plus, cela faisait des années qu'elle n'avait pas revu Andy. Qu'était-il devenu ? Elle se rendait compte qu'elle ne le connaissait plus.

— Merci encore pour ce dîner, dit Piper en se glissant contre Jeremy. Elle saisit un beignet dans la boîte qu'elle avait posée sur ses genoux en s'asseyant dans la voiture.

— Tout le plaisir était pour moi, répondit Jeremy

en passant son bras autour de ses épaules. Bien entendu, le repas n'était pas aussi réussi que ce que tu aurais cuisiné.

Piper sourit et l'embrassa. Elle n'avait jamais rencontré quelqu'un d'aussi prévenant envers elle. Elle en était presque effrayée. Pourquoi moi ? Pourquoi m'aime-t-il autant ?

Il l'embrassa une nouvelle fois ; elle se sentit fondre de tendresse sur le siège de la voiture. Elle se sentait si bien, pourquoi continuer à se poser des questions sur l'amour qu'il lui manifestait ? Elle devait puiser des forces dans ces attentions si délicates et lui en être reconnaissante.

— Piper, murmura Jeremy en la regardant avec insistance. Que s'est-il passé hier avec Phoebe ?

— Avec Phoebe ? (Piper se recula légèrement.) Qu'est-ce que tu veux dire ?

— Eh bien, tu sais, je n'arrête pas d'y penser. Elle t'a dit un truc à propos de pouvoirs spéciaux. A quoi faisait-elle allusion ?

Piper sentit un léger frisson la parcourir. Elle était certaine qu'elle n'aurait jamais parlé de ses pouvoirs à qui que ce soit, même pas à Jeremy.

— Oh ça, ce n'était rien.

Jeremy l'embrassa sur le front et passa la main dans ses cheveux.

— Pourtant, Phoebe avait vraiment l'air sérieuse.

Piper ne comprenait pas ce qui lui prenait. Elle se redressa légèrement sur son siège. Pourquoi tenait-il tant à le savoir ?

— Même si je pouvais te le dire, tu ne me croirais

jamais, énonça-t-elle en essayant de maîtriser le tremblement de sa voix.

— Mais enfin, bien sûr que je te croirais. Je crois tout ce que tu me dis.

Il lui caressa doucement la joue.

— Allez, vas-y.

Piper se sentait mal à l'aise. Elle éprouvait le besoin de lui expliquer qu'elle était une sorcière, mais comment allait-il réagir ? Et s'il la quittait ? Elle rouvrit la boîte de beignets chinois, renfermant un horoscope ou une devise.

— Voyons si le message à l'intérieur va nous porter bonheur.

— D'accord.

Jeremy prit un gâteau et l'ouvrit d'un coup sec. Il en sortit un petit bout de papier.

— « Vous serez bientôt au sommet », lut-il d'une voix forte.

— Ce n'est pas vrai, plaisanta Piper.

— Mais si, répondit-il dans un éclat de rire.

— Laisse-moi voir, rétorqua-t-elle, en prenant le message pour le lire à son tour. « Du monde. Vous serez bientôt au sommet du monde. »

Elle lui rendit le papier d'un air taquin.

Jeremy la reprit dans ses bras, et ils s'embrassèrent une nouvelle fois. Il lui était toujours aussi difficile de quitter ses tendres étreintes.

— Je veux tout savoir de toi, Piper, lui murmura-t-il à l'oreille. Je n'ai jamais rencontré une personne aussi merveilleuse que toi.

Piper sourit.

— Moi non plus, Jeremy, je n'ai jamais rencontré quelqu'un d'aussi formidable que toi, dit-elle.

Après tout, elle devrait peut-être se confier à lui. Ils étaient si profondément proches l'un de l'autre qu'il finirait bien par découvrir son secret.

Elle prit une profonde inspiration et commença lentement :

— Jeremy, est-ce qu'il t'est déjà arrivé de vivre quelque chose que tu n'as jamais réussi à expliquer ?

— Bien sûr. Des coups de chance, ou du sort. Certains appellent ça des miracles. Pourquoi ?

— Eh bien, voilà. Phoebe pense que nous avons des pouvoirs spéciaux. Enfin... toutes les trois. Phoebe, Prue et moi.

Elle observa attentivement la réaction de Jeremy. Comment allait-il prendre cette histoire ? Pour le moment, il semblait simplement intrigué.

— Quelles sortes de pouvoirs spéciaux ? Tu veux dire, des choses comme ton talent exceptionnel dans l'art culinaire ? ou ta merveilleuse façon d'embrasser ? ajouta-t-il tendrement.

— Non. Il s'agit de pouvoirs vraiment très *spéciaux*.

Elle fit une pause. Raconter la suite devenait vraiment périlleux.

— Au début, je n'ai pas cru Phoebe, continuat-elle. Et puis quelque chose de vraiment étrange m'est arrivé lorsque j'ai passé mon test chez *Quake*.

Piper surveillait les réactions de son compagnon : il l'encourageait seulement du regard à continuer.

— C'était… comme si j'avais arrêté le temps, finit-elle par dire.

Elle lui expliqua alors les moindres détails – étant donné qu'elle n'avait pas eu le temps de finir la préparation de la sauce, elle avait figé le chef Moore avant qu'il puisse la goûter.

— Je sais que c'est difficile à croire. Mais c'est pourtant la vérité.

Jeremy arqua les sourcils et eut une attitude de recul.

Piper se recroquevilla dans un mouvement de protection. Ça la rendait nerveuse de parler de son pouvoir : elle n'était pas sûre de le maîtriser, et se demandait quelles en seraient les conséquences dans le futur. Elle regarda Jeremy à la dérobée. L'avait-il prise pour une folle à la suite de cette nouvelle ?

Piper fut prise de tremblements. Son travail occupant beaucoup de son temps, elle n'avait pas eu le loisir de trouver une explication cohérente. Et maintenant qu'elle y réfléchissait, elle se sentait profondément embarrassée.

Mais Jeremy prenait apparement bien les choses : quelle chance elle avait de le connaître ! A présent, il lui passait tendrement la main dans les cheveux pour essayer de l'apaiser. Bon, Jeremy restait parfaitement calme.

— Crois-tu que je suis folle ?

— Non, murmura-t-il. Tout va bien. Il faut que tu saches que tout ce que tu pourras me dire ne me fera jamais peur. Je t'aime, tout simplement. Mais je crois surtout que tu as trop travaillé ces derniers jours, et que tu es un peu stressée.

Il ne la croyait pas.

— Tu as sans doute raison. C'est juste un petit moment de démence, se força-t-elle à rire.

— Tu trembles. (Jeremy lui prit la main.) Je pense que je connais un truc pour te calmer.

Il mit le contact et démarra.

— Où allons-nous ? demanda Piper.

— Surprise ! Nous allons passer un moment dans un endroit merveilleux. La vue y est magnifique. Tu te sentiras mieux.

Piper se détendait. Que ferait-elle sans lui ? Décontractés, silencieux, ils atteignirent la sortie de la ville, où Jeremy tourna dans une ruelle sombre. Piper essaya de se repérer. Ils traversaient une zone industrielle déserte.

— Où tu m'emmènes ?

— Je veux te faire découvrir le vieux Bowing Building. La vue sur le Bay Bridge [1] y est exceptionnelle.

— T'es sûr ?

Elle n'aimait pas ce quartier. Trop sombre. Personne n'osait s'y aventurer. Comme il était étrange qu'il l'ait amenée là. Toutes les raisons du monde paraissaient réunies pour qu'elle soit troublée.

Jeremy s'arrêta devant un immense entrepôt vide.

---

1. L'un des ponts les plus célèbres au monde, comme le pont des Arts à Paris. *(N.d.T.)*

— Nous sommes arrivés, dit-il en descendant du véhicule.

— Ah bon ?

Phoebe ne pouvait quitter des yeux le vieux bâtiment tout délabré. Elle l'avait l'impression qu'il allait s'écrouler d'une minute à l'autre.

Jeremy s'éloigna de la voiture pour se diriger vers la porte de l'entrepôt, lui demandant de la suivre.

— Tu n'as aucune raison d'avoir peur.

Piper descendit du véhicule à reculons pour le suivre. Elle arrivait à son niveau lorsqu'il força la porte dont les gonds grinçaient.

Piper écarquilla les yeux. Le bâtiment était plongé dans le noir. La seule lumière parvenait d'un vieux lampadaire rouillé. Des odeurs de moisi se dégageaient. On pouvait trouver plus romantique !

— Excuse-moi, trancha-t-elle, je ne doute pas que la vue soit superbe, mais il est hors de question que je mette les pieds là-dedans.

Jeremy lui adressa un sourire plein de malice.

— Je ne plaisante pas, insista-t-elle.

Il lui prit le bras pour la faire entrer dans le bâtiment.

— Allez, suis-moi. J'ai une surprise pour toi.

Il l'entraîna devant un monte-charge dont il tira la poignée de la grille rouillée. Il s'effaça pour la laisser passer.

Piper se sentait mal à l'aise.

— Allez, entre, je te jure qu'il n'y a aucun problème, dit-il très calme.

Piper pénétra à petits pas dans le monte-charge.

Jeremy l'y suivit et referma la grille. Il appuya sur un bouton, déclanchant une faible lumière qui se mit à clignoter. Le monte-charge se mit en branle dans un bruit métallique grinçant.

— Tu vas adorer ce que tu vas découvrir. Tu raconteras tout ça à Phoebe et à Prue lorsque tu les reverras. Et aussi à Andy, le copain de Prue. Il est bien flic ?

Piper frissonna.

— Je ne t'ai jamais dit qu'il était flic.

Elle fit un pas en arrière en le regardant nerveusement.

— Comment es-tu au courant ?
— Zut ! dit Jeremy.

La lumière du monte-charge venait de s'éteindre après avoir clignoté une dernière fois.

Piper entendit un violent raclement de ferraille. Le monte-charge s'était arrêté dans une dernière secousse. Son cœur battait la chamade. N'y tenant plus, elle hurla :

— Qu'est-ce qui se passe ?

Pas de réponse.

— Jeremy ?

La faible lumière tremblota de nouveau. Jeremy se trouvait en face d'elle, un large sourire éclairant son visage. Il tenait à la main un couteau à double lame en or dont la poignée était incrustée de pierres précieuses.

Piper se sentit sur le point s'évanouir. Ce devait être une blague !

Le sourire de Jeremy s'élargit encore davantage.

— La voilà, ta surprise !

CHAPITRE 16

Piper recula d'un bond tandis que Jeremy faisait un pas vers elle.

— Jeremy, arrête, commanda-t-elle d'une voix ferme. Tu me fais peur.

Il avança encore imperceptiblement, tenant toujours le couteau d'une main ferme.

— Parfait, répondit-il. Tu es censée avoir peur.

Le dos collé à la paroi du monte-charge, Piper était coincée. C'était un cauchemar...

— Jeremy, ça suffit ! Je suis sérieuse !

— Moi aussi.

Son ton devenait dur, cruel, cassant.

Piper se recroquevilla tandis que Jeremy se rapprochait d'elle.

— Ça fait six mois que j'attends ce moment, lui lança-t-il. Sa voix se faisait plus grave, avec une résonance presque métallique... produisant l'effet sonore de celle d'un démon.

Piper manifesta un brusque mouvement de recul tandis qu'il lui caressait la joue de sa main.

— Six mois, répéta-t-il. En fait, depuis que ta grand-mère est entrée à l'hôpital.

La confusion de Piper était totale. Elle avait rencontré Jeremy lors de l'hospitalisation de Grams, mais quel était le rapport avec tout le reste ?

— Je savais depuis un moment que, lorsque cette vieille sorcière claquerait, vous alliez hériter ses pouvoirs. Maintenant, le moment est venu.

Piper tentait de mettre de l'ordre dans ses pensées.

Ainsi, il savait ! Il connaissait l'existence de leurs pouvoirs avant même qu'elles en prennent conscience ! Et il était devenu son petit ami pour se rapprocher d'elle et de ses sœurs.

Prise de panique, elle découvrait que Phoebe avait raison. Piper se plaqua contre la paroi du monte-charge. Il fallait absolument qu'elle trouve une solution pour en sortir. Elle n'avait plus le choix !

— Je savais que vos pouvoirs vous seraient révélés dès que vous vous retrouveriez toutes les trois ensemble, grommela Jeremy. Je n'avais plus qu'à attendre le retour de Phoebe. Maintenant, tout est simple.

La lame du couteau miroita dans la lumière blafarde de l'ampoule. Le visage de Piper se décomposait tandis qu'elle sombrait dans le découragement. *Il va me tuer !*

— Tu as tué toutes ces femmes !
— Non. Pas des femmes. Des sorcières.
— Mais pourquoi ?

Si elle pouvait le faire parler, elle se contrôlerait davantage.

— Je vais te montrer pourquoi.

Il leva sa main libre, faisant apparaître des flammes au bout de ses doigts.

Piper hurla. Il détenait le pouvoir de mettre le feu à l'extrémité de ses doigts !

— C'était la seule façon pour moi de leur dérober leurs pouvoirs, expliqua Jeremy. J'ai volé ce pouvoir à l'une des sorcières que j'ai tuées. Elle n'a même pas cherché à se défendre.

Il éclata d'un rire démoniaque.

— A présent, je suis encore plus puissant que je ne l'ai jamais été.

— Tu… tu es… un démon, articula Piper.

— T'as enfin compris. Et lorsque j'aurai volé le pouvoir des trois, alors, plus rien ne pourra m'arrêter ! N'es-tu pas en train de chercher comment tu pourrais utiliser ton pouvoir ?

Allez, se motivait-elle. *Tu peux y arriver. Il faut absolument que tu arrêtes le temps. Fais-le ! Fais-le !*

Piper se concentra de toutes ses forces, mais rien ne se passa. Elle reconnut que Jeremy avait raison. *Je ne sais pas encore vraiment bien comment fonctionne mon pouvoir*, se dit-elle. Elle jetait des regards furtifs autour d'elle, cherchant une sortie possible. Oh ! n'importe quoi… même un trou de souris !

— Bon, enchaînait Jeremy, où vais-je te tuer ? Ici, ou sur le toit, d'où la vue sur Bay Bridge est si belle ?

Il appuya sur le bouton et le monte-charge reprit sa lente ascension.

Piper recouvra son souffle. Sur le toit, elle trouverait peut-être un moyen de s'échapper.

— Je crois… que je ferais mieux d'en finir ici,

décida-t-il en bloquant le monte-charge entre deux étages.

Terrorisée, Piper hurla tellement fort que ses yeux bleus s'injectèrent de sang.

Elle se jeta sur la porte du monte-charge pour essayer de s'échapper.

— Laisse-moi sortir ! cria-t-elle. Au secours, à l'aide !

Jeremy l'attrapa violemment par le col de sa chemise, la faisant tournoyer.

Sa bouche se fendit en un rictus des plus démoniaques.

Piper hurla de nouveau lorsque Jeremy plongea vers elle, dirigeant le couteau vers sa poitrine.

CHAPITRE 17

— Nooon ! gémissait Piper.
— Arrête, Jeremy, arrête !

Elle ferma les yeux très fort attendant que le couteau lui transperce le cœur. Mais rien ne se passa.

Elle rouvrit les yeux lentement. Le couteau était figé juste en dessous de son menton.

Jeremy se tenait au-dessus d'elle parfaitement immobile, le couteau à la main. Son visage était déformé par une expression diabolique.

Piper faillit s'étrangler en reprenant sa respiration. Elle avait réussi. Elle ne savait pas comment, mais elle avait immobilisé Jeremy juste avant qu'il ne la tue.

Il lui restait à trouver un moyen de sortir de là, car elle ne savait absolument pas combien de temps ce phénomème allait durer.

Elle essaya de se dégager de l'emprise de Jeremy qui la tenait toujours par le col de sa chemise, mais sa main aussi était pétrifiée. Elle ne pouvait s'enfuir ! Dans un mouvement de panique, elle tira d'un coup sec sur sa chemise. Puis saisissant la main de Jeremy, elle en détacha les doigts un à un.

Elle était libre.

Elle inspecta alors fébrilement le monte-charge à la recherche d'un moyen de s'échapper. Elle parlait à haute voix pour se donner du courage :

— Reste calme ! Réfléchis, réfléchis.

Piper tira violemment sur la grille en fer. Le monte-charge était bien bloqué entre deux étages. En dessous, tout était plongé dans une obscurité totale. Elle pouvait toujours essayer de sauter, mais elle n'avait aucune idée de la hauteur qui la séparait du sol et de l'état de celui-ci. Par chance, l'étage supérieur se trouvait à portée de la main. Il lui suffisait de grimper et de faire un rétablissement. Elle pouvait sentir le sol en ciment. Elle y était presque...

Piper eut un haut-le-cœur en entendant de nouveau le vrombrissement le moteur. Oh non ! La machine repartait déjà ! Elle jeta un regard en arrière, et remarqua que les yeux de Jeremy retrouvaient leur éclat rougeoyant.

Il réussit à lui attraper une cheville.

— Nooon ! hurla Piper, en lui décochant un coup de pied.

Jeremy, grognant de colère, s'accrochait à sa cheville, et tirait de plus en plus fort.

Piper sentait qu'elle allait retomber dans le monte-charge. Ses ongles glissaient sur le revêtement en ciment. Jeremy s'accrochait à elle et la tirait en arrière par saccades.

Elle réussit à s'allonger sur le sol, à la recherche d'un objet qui pourrait y traîner. Ses doigts sentirent quelque chose : un morceau de bois qu'elle agrippa de toutes ses forces.

Dans un effort plus violent que les précédents, Jeremy parvint à la faire lâcher prise. Elle tomba lourdement sur le sol de la machine.

— Non ! hurla-t-elle, alors que Jeremy levait de nouveau le couteau.

D'un bond, Piper se redressa. Elle leva le minable bout de bois au-dessus de sa tête, et le frappa de toutes ses forces.

Jeremy, déséquilibré, lâcha le couteau. Ses yeux roulèrent dans leurs orbites.

Assommé, il s'écroula.

Piper rassembla ses esprits le plus vite possible, avant de remonter à l'étage supérieur. Jetant un dernier regard à Jeremy, elle se contenta d'un simple haussement d'épaules.

Il est insconcient, se rassura-t-elle. Mais pour combien de temps ? Quand la rattraperait-il ?

Reprenant sa respiration, elle sortit comme une tornade de l'entrepôt, courant à perdre haleine pour sauver sa peau.

CHAPITRE 18

Phoebe se réveilla dans sa chambre plongée dans l'obscurité. Dès qu'elle avait pu sortir de l'hôpital, Prue l'avait ramenée à la maison. L'accident l'avait surtout commotionnée. Elle s'était couchée immédiatement, et avait l'impression d'avoir dormi des heures.

« Les gamins », furent ses premiers mots.

Elle se remémora intégralement le film de l'accident.

Ils sont sains et saufs. Grâce au pouvoir de prévoir l'avenir, je les ai sauvés !

Phoebe jeta un coup d'œil sur le réveil posé sur la table de nuit. Il était presque minuit. Elle avait un petit creux, et décida d'aller se préparer un en-cas.

Elle alluma toutes les lumières du couloir, celles de l'escalier, puis celle de l'entrée, se demandant où tout le monde était passé.

Elle se rappela que Piper avait rendez-vous avec Jeremy. Elle lui avait même dit qu'elle ne rentrerait peut-être pas de la nuit. Mais, Prue, où était-elle ? Phoebe espérait qu'elle n'était pas sortie avec Andy.

Elle sursauta lorsqu'elle entendit la porte d'entrée claquer.

— Prue ! Phoebe !

C'était la voix de Piper.

— Piper ! Qu'est-ce qui se passe ? demanda Prue qui émergeait du salon plongé dans le noir.

Piper était rentrée dans la maison comme une folle. Elle n'arrivait pas à reprendre sa respiration. Ses habits étaient sales et en lambeaux. Phoebe remarqua qu'elle avait un gros bleu sur un bras.

— Vite ! Verrouillez les portes ! hurlait Piper. Fermez toutes les fenêtres ! On n'a pas beaucoup de temps !

Phoebe se précipita sur la porte d'entrée, la fermant à double tour.

— Bon sang, mais qu'est-ce qui se passe ? C'est grave ?

Elle ne pouvait dissimuler le tremblement de panique qui s'immisçait dans sa voix.

Piper l'attrapa par les épaules.

— Phoebe, dans *Le Livre des Ombres*, est-ce qu'on explique comment se débarrasser d'un démon ?

— A qui fais-tu allusion ? la coupa Prue. A Andy ?

— Non. A Jeremy. Il a essayé de me tuer ! Avec un des couteaux dont tu parlais l'autre fois. Double lame, poignée ciselée – le même que celui qui a servi à tuer les autres femmes. C'est lui l'assassin ! C'est un démon !

Phoebe ferma tous les volets du salon. Prue se précipita sur le téléphone de l'entrée.

— J'appelle la police, dit-elle en arrachant le combiné.

— Et qu'est-ce que tu vas leur raconter ? demanda Piper. Que nous sommes des sorcières ? Qu'un dingue possédant des pouvoirs surnaturels essaie de nous tuer ? Et même s'ils se déplacent, ils ne seront pas de taille à se défendre contre Jeremy, et nous serons toujours les prochaines sur la liste.

Tremblant comme une feuille, Phoebe s'était adossée à la porte d'entrée. *Ça y est. Le premier démon vient de se manifester, et même si nous arrivons à vaincre Jeremy, il ne sera certainement pas le dernier.*

Prue reposa le combiné sur son support.

— Phoebe, va chercher *Le Livre des Ombres*.

Phoebe grimpa quatre à quatre les marches menant au grenier, et se précipita vers le pupitre où se trouvait le livre magique. Elle en tourna les pages à toute vitesse.

Il devait bien exister un passage susceptible de les aider. Mais pourquoi donc Melinda Warren ne lui avait-elle pas donné la solution ?

Elle s'arrêta sur une page située à la moitié de l'ouvrage. Une sorte de recette de cuisine, aux ingrédients toutefois assez étranges, était présentée d'une écriture élégante, aux caractères bien formés, agrémentés d'enjolivements.

Phoebe réalisa qu'il s'agissait d'une formule magique. Et – elle en était presque certaine – cette recette devait leur permettre de détruire un démon.

Elle dévala l'escalier.

— Je crois que j'ai trouvé la solution, annonça-t-elle à ses sœurs. On monte au grenier... allez, vite ! C'est notre seul espoir !

Prue n'arrivait pas à croire qu'elle était assise dans le grenier devant une table basse ronde avec Phoebe et Piper se préparant à déclamer l'incantation que Phoebe avait extraite du *Livre des Ombres*.

Prue parcourut des yeux la recette en secouant la tête. Elles allaient proférer leur première incantation ; il n'y avait plus une seconde à perdre.

Prue posa le livre ouvert sur le parquet. Puis elle aida Phoebe et Piper à allumer les bougies blanches disposées en cercle autour de la table. Lorsqu'elles eurent terminé, Phoebe se dirigea vers l'interrupteur.

— Vous êtes prêtes ?

Le moment était venu. Prue prit une profonde respiration et fit un signe de la tête. Phoebe éteignit la lumière.

Les trois sœurs prirent place autour de la table. Prue observa les ombres qui se détachaient derrière ses sœurs.

Posée au milieu de la table, une coupelle plate éclairée par la flamme des bougies était remplie d'un mélange d'huile et d'épices. Phoebe avait retourné la maison de fond en comble pour trouver neuf bougies de tailles et de formes différentes.

Prue relut une dernière fois l'incantation du *Livre des Ombres*.

— Bon. Nous avons consacré par l'onction les neuf bougies avec l'huile et les épices. Et nous les avons mises dans la coupe pour qu'elles brûlent. On est bien d'accord ?

— Attends, cria Piper. Je n'en compte que huit !

Phoebe tendit une minuscule bougie à rayures.

— On a oublié celle-ci.

— Mais c'est une bougie d'anniversaire ? fit remarquer Piper.

— Les réserves de Grams en matériel de sorcellerie diminuaient, déclara Phoebe.

De toute façon, pensa Prue, *nous ferons pour le mieux avec tous les éléments présents*. Phoebe alluma la bougie d'anniversaire, et s'en servit pour enflammer les huit autres. La coupe rayonnait sous la lumière des neuf bougies allumées.

— Ensuite ? s'enquit Phoebe.

Prue se pencha sur le livre.

— Nous avons besoin de la poupée.

— Je l'ai, dit Piper.

Elle brandit une petite poupée qu'elle avait grossièrement taillée dans du savon.

— Parfait. On a toute la série, dit Prue. On peut commencer.

— Encore un instant. Il est dit dans le livre que je dois d'abord chasser Jeremy de mon âme, dit Piper.

Elle prit quelques-unes des roses qu'il lui avait offertes et les plaça sur la tête de la poupée.

— « Ton amour va se faner et disparaître », récita-t-elle. « De ma vie et du plus profond de mon cœur. »

Prue regardait Piper enfoncer les épines des roses dans le ventre de la poupée. Elle essayait de raisonner de façon rationnelle. Une voix intérieure l'avertissait que ça n'allait pas marcher.

En même temps, Prue savait qu'elle devrait apprendre à écouter une autre voix bien différente. Et celle-ci lui expliquait qu'il existait au monde des pouvoirs transcendant la logique et le sens commun – des pouvoirs qui dépassaient l'entendement.

Piper souleva la poupée au-dessus de la coupe.

— Jeremy, laisse-moi tranquille. Va-t'en à jamais.

Piper lança la poupée et les roses dans la coupe embrasée. Les flammes léchèrent le savon et les fleurs.

Fascinée, Prue regardait la poupée brûler.

— Espérons que ça va marcher !

Lorsque Jeremy reprit connaissance, il était allongé sur le sol du monte-charge. Qu'est-ce qu'il lui était arrivé ? Puis, progressivement, les événements lui revinrent à l'esprit. Piper l'avait assommé avec un ridicule bout de bois.

En grognant de colère, il se remit sur pieds.

— Saleté de *sorcière* ! vociféra-t-il en appuyant sur le bouton de l'appareil.

Il sortit en courant de l'entrepôt, bouillant de rage, et piqua un sprint dans la rue déserte. C'est alors qu'une violente douleur le traversa.

— Nooon ! rugit-il.

Il se plia en deux en se tenant l'estomac, fit quelques pas de plus en trébuchant, afin de s'appuyer sur une barrière. Se tordant de douleur, il réussit à s'y agripper, essayant de combattre l'atroce souffrance.

L'envoûtement dont il était victime se révélait trop violent pour lui. Des épines géantes jaillissaient de son visage macabre, lui traversaient le corps, déchirant sa chemise. Un hurlement de bête fauve à l'agonie déchira la nuit.

Il arrivait encore à comprendre qu'il s'agissait d'un sort jeté par les *Charmed*. Elles pouvaient lui faire ça ! Il n'avait jamais pensé qu'elles en étaient capables ! Son corps n'était plus qu'une plaie. Ces trois sœurs réunies possédaient un pouvoir plus grand que n'importe quelles autres sorcières au monde.

Il se raccrocha à l'espoir que, si jamais il réussissait à leur voler leurs pouvoirs, il pourrait devenir le maître du monde !

Sa poitrine enflait comme si elle allait exploser. Jeremy invoquait les forces du mal de toutes ses forces. Et, surtout, il essayait de se débarrasser des épines qui lui transperçaient le corps.

Mais la douleur était trop insupportable. La barrière sur laquelle il s'appuyait céda sous son poids. Du sang jaillit de son visage et de sa poitrine. Il n'eut que le temps d'ouvrir la bouche et de pousser un hurlement diabolique.

Prue, Piper, et Phoebe penchées au-dessus de la coupe, observaient la poupée qui brûlait.

Prue ne savait pas trop ce qui allait se passer. Elle n'arrivait pas à croire que ce simple bout de savon en train de fondre était capable de chasser Jeremy de leurs vies.

BOOUUM !

Prue sursauta lorsque la coupe explosa. Des flammes s'échappaient des débris, le feu semblait détenir une existence propre, représentant une vision fantasmagorique.

Quelques instants plus tard, le feu s'éteignit. Prue semblait sidérée. La poupée s'était totalement consumée.

— Super ! hurla Piper. Ça a marché !

— Je crois qu'elle a raison, ajouta Prue sur un ton à la fois amusé et surpris.

Elle appliqua une grand tape dans la main de Piper.

— On est des sorcières, c'est pas possible autrement ?

Phoebe se pencha sur la coupe, pour y trier les cendres déposées. A peine y avait-elle posé la main, qu'elle se mit à trembler. Elle respira un grand coup avant de la retirer.

— Phoebe ! Phoebe, ça va ? s'inquiéta Prue.

Phoebe regarda fixement ses sœurs. Prue sentit les battements de son cœur s'accélérer en constatant que Phoebe restait clouée sur place.

— Non, ça ne va pas, énonça-t-elle d'un ton solennel. Nous sommes mal parties. Le sort n'a pas fonctionné…

CHAPITRE 19

— Qu'est-ce que tu veux dire ? Es-tu vraiment sûre que le sort n'a pas marché ? s'exclama Prue. J'ai pourtant vu les flammes. Ce n'était pas un feu normal !

— On a suivi les instructions du livre à la lettre ! protesta Piper.

— Je sais, admit Phoebe. Mais ça n'a pas marché, un point c'est tout.

Prue avait l'impression d'étouffer.

— Et comment le sais-tu ?

— J'ai eu une vision, expliqua Phoebe. Lorsque j'ai touché la cendre, j'ai vu Jeremy. Il doit faire partie des rares démons dotés de pouvoirs très puissants. Nous l'avons blessé, mais nous ne l'avons pas tué.

— Tu as juste touché la coupe, et tu l'as vu ? fit Piper incrédule.

Phoebe le lui confirma d'un signe de tête, les yeux agrandis par la peur.

— Il ne va pas tarder à arriver.

Prue jeta un rapide coup d'œil à ses sœurs. Il ne leur restait plus qu'une seule chose à faire.

— Décampons d'ici !

Telle une furie, Prue dévala l'escalier, ses deux sœurs sur les talons. Arrivée dans le hall, elle saisit la poignée de la porte d'entrée, l'ouvrit, et hurla.

Là… sur le perron… juste devant elles, se tenait Jeremy !

Ses vêtements déchirés étaient maculés de boue et de sang. Un sourire mauvais lui barrait le visage.

— Salut les filles.

Les trois sœurs refluèrent vers la maison, mais Jeremy réussit à y pénétrer, lui aussi.

Il sortit le couteau au manche ciselé de sa poche pour le brandir au-dessus de sa tête. Prue fit un rempart de son corps pour protéger ses sœurs, selon son habitude. Puis elles reculèrent lentement, afin de s'éloigner le plus possible de lui.

Mais dans un même mouvement, Jeremy se rapprochait d'elles, les toisant de ses yeux injectés de sang.

Prue considérait froidement ce visage hideux et ce regard démoniaque. Elle ne cherchait qu'à déclencher la force des pouvoirs dont elle avait pris conscience. Elle plissa les yeux concentrant sur lui toute son énergie de sorcière.

Le corps de Jeremy se souleva dans les airs et s'écrasa contre la porte.

— Piper ! Phoebe ! Partez, vite ! Je le retiens !

Prue les vit grimper l'escalier quatre à quatre. Elle se recula légèrement pour surveiller Jeremy.

Il réussit à se remettre debout ! Prue, désespérée, constatait qu'il ne semblait même pas avoir mal.

— Tu n'es qu'une sorcière de pacotille, grogna-t-il. Tu as toujours été la plus endurante, hein, Prue ? Je suis certain que tu n'as même pas pleuré à l'enterrement de ta mère.

— En tout cas, je ne verserai pas une larme au tien, répliqua-t-elle.

Elle se concentra de nouveau, laissant son pouvoir s'écouler à travers la vigueur de son regard. Jeremy se remit à flotter dans l'espace, pour finir par s'écraser contre un mur sur lequel étaient accrochées des photos de famille. Les sous-verres se brisèrent, et se répandirent sur le sol.

Dès que Jeremy s'effondra, Prue, sans perdre de temps, se précipita dans l'escalier qui menait au grenier.

Phoebe et Piper attendaient impatiemment que Prue les rejoigne dans le grenier. Elles fermeraient alors la porte à double tour, la bloqueraient à l'aide de tous les meubles possibles.

Phoebe ne put s'empêcher de tressaillir lorsqu'elle entendit les bruits qui parvenaient d'en bas.

— Il faut que je descende, ça fait trop longtemps qu'elle est en bas, il est trop puissant pour elle !

— Noonn ! suppliait Piper. Laisse-lui encore un peu de temps !

Mais Phoebe ne supportait pas de rester passive.

Submergée par une poussée d'adrénaline, elle se rua sur la porte.

— J'y vais !

Mais, elle s'arrêta net. Prue venait de se réfugier dans le grenier, claquant violemment la porte derrière elle.

— Tout va bien, commenta Prue, à bout de souffle. Nos pouvoirs sont en train de se développer.

— Ce n'est pas ça qui va le retenir, remarqua Phoebe.

Prue aida Piper à pousser le vaisselier contre la porte. Phoebe y disposa une chaise… qui s'écrasa sur le sol.

Les trois sœurs hurlèrent de concert.

Une voix caverneuse leur parvint de l'autre côté de la porte. Le démon Jeremy s'esclaffait.

— Pensez-vous qu'une simple chaise va m'arrêter ?

Phoebe ne pouvait détacher son regard du meuble qui tremblait sur sa base !

— Pensez-vous qu'un vaisselier va m'arrêter ?

Les trois sœurs fixaient désespérément la porte tandis que Jeremy utilisait son don pour écarter les obstacles qui se dressaient entre eux.

— Espèces de sorcières minables. Rien, absolument rien ne pourra m'arrêter !

Les trois sœurs se consultèrent du regard.

Elles scrutèrent le grenier. Apparemment, il n'existait pas d'issue de secours. Elles étaient prises au piège !

Le cœur battant, Phoebe attrapa la main de Piper. *Calme-toi*, se disait-elle. *Il doit bien y avoir un moyen de sortir d'ici.*

A ce moment précis, la porte explosa.

Jeremy se glissa dans le grenier, le visage en sang, tenant toujours le couteau à la poignée ciselée. Il riait comme un dément, offrant à la vue des trois sœurs un corps transpercé par les épines, ainsi que l'avait dicté le sortilège.

— Allez, venez ! cria Prue, en saisissant ses sœurs par la main. On va faire front, ensemble !

Jeremy esquissa un pas vers elles en brandissant son couteau.

Elles ne pouvaient pas mourir aussi bêtement. Phoebe demanda mentalement le secours de Melinda. Il fallait qu'elle leur explique comment se sortir de cette situation. Mais Phoebe ne reçut aucun message.

Prue laissa échapper un profond soupir :

— Souvenez-vous de la planche aux esprits ?

Elles avaient la solution.

— L'inscription inscrite au dos ! lâcha Phoebe, se rappelant la nuit où Melinda lui était apparue. Le pouvoir des trois !

Prue se mit à psalmodier.

— Le pouvoir des trois nous libérera.

Phoebe et Prue se joignirent à elle :

— Le pouvoir des trois nous libérera.

— Non ! grogna Jeremy.

Il ne put résister au pouvoir de l'incantation, et fut projeté bruyamment sur l'encadrement de la porte.

Phoebe comprit qu'une énergie inhabituelle et nouvelle était en train de la traverser. Elle n'avait jamais ressenti ce type de sensation.

Les trois sœurs ne se lâchaient pas la main, et continuaient à chanter rituellement : « Le pouvoir des trois nous libérera. »

Jeremy se remit presque aussitôt de sa chute. Il se releva et pointa ses mains vers les trois sœurs. Un cercle de feu les entoura ; prisonnières de cette volute bleuâtre qui se rétrécissait, elles se soudèrent.

Piper cria :

— Allez ! Unissons nos pouvoirs !

Phoebe se serra encore plus près de ses sœurs pour chanter l'incantation. Les flammes commençaient à les effleurer, mais elles ne ressentaient aucune brûlure.

Jeremy, ne comprenant pas la résistance qui lui était opposée, tendit de nouveau ses mains vers elles.

Le feu se transforma en un tourbillon de poussière.

Phoebe suffoquait. Il lui semblait que des grains de sable lui emplissaient les poumons. Sa voix se brisa. Piper respirait aussi avec difficulté.

Phoebe sentit que Prue lui serrait la main de plus en plus fort, hurlant :

— « Le pouvoir des trois nous libérera. »

Malgré le poids qui leur oppressait la poitrine, Phoebe et Piper reprirent l'incantation avec elle.

Le flash d'un éclair traversa la verrière du grenier. Le tonnerre fit trembler la maison. Phoebe réalisait que leurs pouvoirs produisaient un effet. Cette incantation guidait une force qui les dépassait.

Le cyclone de poussière tournoyait de plus en plus

vite, de plus en plus fort. La folle tornade se déplaçait en direction de Jeremy.

— « Le pouvoir des trois nous libérera ! Le pouvoir des trois nous libérera ! »

Phoebe ne quittait pas Jeremy des yeux. Le tourbillon l'enveloppait, lui griffait le corps, le propulsait.

Les éclairs et le tonnerre s'amplifièrent... Phoebe et ses sœurs chantaient leur mélopée imperturbablement.

Jeremy ne supportait plus la douleur provoquée par la spirale qui l'enserrait. Il en prit la forme comme si elle l'avalait, et fut englouti.

Les trois sœurs ne cessèrent pourtant pas de psalmodier la litanie.

— « Le pouvoir des trois nous libérera ! Le pouvoir des trois nous libérera ! »

Une chouette ulula au centre du tourbillon. Puis une créature ressemblant à un serpent apparut au milieu de la pièce. Phoebe en eut le souffle coupé. La créature avait le visage de Jeremy !

— Je ne suis pas le seul ! Je suis un parmi des millions ! Vous me trouverez partout ! Sous toutes les formes imaginables ! Ce sera l'enfer sur terre ! Vous ne vous en sortirez jamais, mugissait Jeremy. Vous ne serez jamais libres !

Il poussa un dernier hurlement avant de disparaître dans un nuage de poussière.

Le fracas des éléments déchaînés fit place à un calme insolite.

Phoebe, Piper et Prue se retrouvèrent seules dans le grenier, main dans la main.

Bien qu'encore sous le choc, Phoebe reprenait peu à peu sa respiration.

— Le pouvoir des trois... commenta Prue.

En se serrant les unes contre les autres, les trois sœurs se laissèrent tomber à terre.

Elles étaient saines et sauves. Mais pour combien de temps ?

CHAPITRE 20

Le lendemain matin, Prue se réveilla parfaitement détendue. Elle avait l'impression de ne pas avoir aussi bien dormi depuis des années. Puis les événements de la nuit précédente lui revinrent en mémoire.

Elle prenait enfin vraiment conscience d'être différente. Elle se glissa en dehors des couvertures. Dorénavant, plus rien ne serait comme avant.

Elle s'était consacrée à son travail, à ses amours, et à ses sœurs. Et maintenant, elle devrait apprendre à vivre dans un univers où régnaient les forces du mal, à travers ces démons qui les pourchassaient, et à utiliser ses pouvoirs pour faire le bien. Elle éclata de rire.

Prue se doucha rapidement avant d'enfiler un T-shirt rouge et un jean. Puis elle descendit chercher le journal. Piper et Phoebe dormaient encore. Elle ouvrit la porte d'entrée pour ramasser le journal posé sur la marche supérieure du perron.

— Bonjour !

Prue se redressa vivement et découvrit Andy debout en bas des marches.

Il était habillé pour aller au travail : costume noir,

chemise blanche, cravate bleue. Il gravit les marches du perron, une tasse de café à la main.

— Quelle surprise ! lança Prue.

Elle était heureuse de le voir. *Il n'est pas un démon*, se rappelait-elle. *Enfin, probablement pas.* Après ce qui venait de se passer avec Jeremy, elle avait compris qu'elle ne serait plus jamais sûre de rien. Elle devrait aiguiser son intuition et apprendre à se fier à son instinct. Mais, là, face à Andy, elle se sentait totalement détendue.

Prue comprenait qu'elle l'avait très mal jugé. Si son comportement s'était révélé étrange, de son côté elle avait fait preuve d'une conduite lunatique. Elle voulait lui présenter des excuses, mais ne savait comment lui expliquer les motifs de son comportement.

— Qu'est-ce que tu fais si tôt ici ?

— Eh bien, en fait... hésita-t-il, je voulais te demander si tu accepterais de dîner avec moi, ce soir. Et puis aussi le soir suivant. Et ainsi de suite. A moins, bien sûr, que tu n'aies peur.

— Peur de quoi ?

— Tu pourrais peut-être me l'expliquer. Tu semblais si pressée hier. Je n'ai pas cessé de me demander ce que j'avais fait de mal.

— Non, Andy. (Elle avait du mal à trouver ses mots.) Tu n'as rien fait de mal. Vraiment.

Elle détourna le regard, gênée devant la bonne volonté d'Andy, qui essayait de comprendre.

— Eh bien, reprit-il, pour ce soir, ça te va d'aller chez *Francesca* ? A huit heures ?

Prue désirait vraiment passer la soirée avec lui.

Pourtant, au moment de répondre, quelque chose la retint. Où cela la mènerait-il ? Son identité s'était trouvée bouleversée à la suite des révélations. Elle n'était plus celle qu'Andy avait connue. Certes, il n'était pas un démon, mais pouvait-elle lui avouer tout simplement qu'elle était une sorcière ?

Et si elle voulait être honnête avec lui, leur relation devait prendre une autre forme.

— Tu sembles hésiter, dit Andy avec un sourire mélancolique.

— Oui, répondit tristement Prue. Mais ce n'est pas à cause de toi. Ma vie… comment dire… ma vie est un peu compliquée. Je t'aime beaucoup. Mais, je… enfin je ne peux pas me lancer dans une relation en ce moment. Est-ce que je pourrai t'appeler ?

— Bien sûr, dit-il en sortant une carte de visite de sa poche, et en la tendant à Prue.

— Appelle-moi quand tu veux. Si tu as besoin de quoi que ce soit… Prue, prends bien soin de toi.

— Merci, Andy.

Elle se sentit triste tandis qu'il regagnait sa voiture.

La porte s'ouvrit derrière elle. Piper et Phoebe, en survêtement, sortaient faire leur jogging matinal.

Elles regardèrent avec étonnement la voiture d'Andy s'éloigner.

— Je t'avais bien dit que j'avais entendu une voix d'homme, dit Phoebe en se tournant vers Piper.

— Qu'est-ce qu'il voulait ? demanda Piper à Prue.

— Il est venu pour m'inviter à dîner ce soir au restaurant.

— Super ! s'écria Phoebe. Maintenant que nous

sommes presque certaines qu'il n'est pas un démon, tu as ma bénédiction !

Prue plissa le nez.

— Qu'est-ce qu'il y a ? Tu n'as pas accepté ? questionna Piper.

— J'ai failli, et puis finalement j'ai refusé. C'est un type très bien. Il mérite de rencontrer quelqu'un avec qui il puisse tout partager. Ce n'est pas possible avec moi.

— Je ne crois pas qu'il faille toujours tout dire aux hommes, déclara Phoebe sur le ton de la plaisanterie. Que l'on soit sorcière ou non.

— Je suis sérieuse. Je me demande si je pourrais maintenant avoir une relation normale avec un homme. Les sorcières peuvent-elles accepter les rendez-vous galants ?

Piper et Phoebe s'approchèrent de leur sœur.

— Non seulement elles le peuvent, mais elles choisissent les types les plus intéressants, lui dit gentiment Piper.

— Et les plus riches ! ajouta Phoebe dans un éclat de rire.

— Mais comment être sûre de ne courir aucun danger ? Comment savoir en qui avoir confiance ? continuait Prue, très troublée.

— Nous ne pouvons soupçonner tous les hommes que nous allons croiser, ajouta Piper. Il faudra se fier à notre instinct. Si ça se trouve, dans quelque temps, nous saurons repérer un démon à des kilomètres.

Prue n'était pas convaincue.

— Même si nous en devenons capables, à présent, tout va être différent pour nous.

— Il y a quelque chose de positif dans toute cette histoire, c'est que nous sommes certaines de ne jamais nous ennuyer, dit Phoebe.

— Mais nous ne serons plus jamais les mêmes ! protesta Prue.

— C'est si embêtant ? plaisanta Phoebe.

— Ça peut nous poser pas mal de problèmes, ajouta Prue qui ne cessait de penser au lourd secret qu'elles détenaient.

— Prue a raison, dit Piper. Qu'est-ce que nous allons faire ?

— Qu'est-ce que nous *ne pouvons pas* faire ? corrigea Phoebe en souriant malicieusement.

Prue fit demi-tour pour rentrer dans la maison, suivie de ses deux sœurs.

— Nous devrons nous montrer vigilantes, dit Prue en franchissant le seuil. Nous serons raisonnables, et par-dessus tout, solidaires envers et contre tout.

Les trois sœurs demeuraient à présent dans le vestibule. Prue jeta un regard à la porte restée ouverte, puis à Piper et Phoebe. Une expression ambiguë se dessina sur ses traits. *Pourquoi pas ?* se dit-elle.

D'un simple signe de la tête en direction de la porte, elle la fit se refermer comme par magie.

Piper lui adressa un large sourire.

— Ça pourrait devenir intéressant...

Achevé d'imprimer sur les presses de

BUSSIÈRE
GROUPE CPI
*à Saint-Amand-Montrond (Cher)
en mai 2002*

FLEUVE NOIR
12, avenue d'Italie
75627 Paris Cedex 13
Tél. : 01-44-16-05-00

— N° d'imp. : 22349. —
Dépôt légal : mars 2001.

Imprimé en France